馬敘倫說掌故

《石屋餘瀋》《石屋續瀋》

馬敘倫——原著
蔡登山——主編

北大名教授馬敘倫談掌故

蔡登山

北大名教授馬敘倫在文字學、音韻學、訓詁學、文學、語言學、詩詞等方面均有很深的造詣，著述甚多；尤其在文字學方面貢獻良多，學術巨著《說文解字六書疏證》是畢三十多年之功，辛勤耕耘的成果。該書把《說文解字》九千多字的字形、字義、字音作了詳細的分析和闡析，是文字學史上的一項創舉。馬氏對金石甲骨文字也有深入研究。另在老莊哲學方面的著作有《老子校詁》、《莊子義證》等。

馬敘倫（一八八四—一九七〇），字彝初（又作夷初），晚年又號石屋老人，浙江杭縣（今餘杭）人。一九〇五年，他和鄧實、黃節、劉師培等人組織「國學保存會」於上海，復刊行《國粹學報》，以「辨別種族，發揚民意」為宗旨。一九〇九年任杭州兩級師範學堂教員，同年冬參加柳亞子、陳去病發起的「南社」。一九一一年夏，他隨湯爾和到東京遊玩。在日本，他曾託章太炎介紹加入中國同盟會，但不知其結果。一九一一年武昌起義爆發後，馬敘倫在故鄉組建民團。後來，他任浙江都督府秘書。此後不久，他來到上海和章太炎同辦《大共和日報》，任總編輯。

一九一三年，他任北京醫學專門學校（校長湯爾和）國文教員。一九一五年任北京大學文科教授。同年冬，為抗議袁世凱稱帝，他辭職返回浙江。一九一七年，他應北京大學校長蔡元培邀請，重任北京大學哲學系教授。一九一九年一月，與胡適、陳大齊等發起組織北大「哲學研究會」，在北大與馬裕藻、馬衡昆仲，合稱「三馬」。

一九二二年六月，任浙江省教育廳廳長。同年九月二十五日任北洋政府王寵惠內閣教育部次長。翌年一二月辭職，重回北大任教授。一九二四年十一月任段祺瑞內閣教育部次長，並曾經一度代理教育部部務。一九二五年為臨時執政段祺瑞免職，去職後三度重任北大教授。一九二六年「三一八慘案」發生後，馬敘倫因痛斥段祺瑞而遭到通緝，被迫逃回浙江杭州。回到杭州後，他策動浙江省省長夏超響應北伐，反對孫傳芳，遭到孫傳芳通緝。一九二七年任浙江省政府委員兼民政廳長，一九二八年冬，中華民國大學院改為教育部，蔣夢麟任部長，馬敘倫第三次任國民政府教育部次長。一九三一年一月他四度重回北京大學任教。一九三五年華北事變發生後，他擁護中國共產黨提出的建立抗日民族統一戰線的主張，倡設「北平文化界抗日救國會」並任主席。一九三七年七七事變爆發後，他到上海，改名換姓，專心著述。

一九四五年十二月他和王紹鏊、許廣平、周建人、趙樸初等人在上海發起成立「中國民主促進會」。一九四六年六月出席「留滬父老慰勞會」，同月自稱「民眾代表」，由上海入京請願，為中共張目，途次鎮江，蘇北難民群集車站，向各代表表示，請其將共黨蹂躪蘇北情形向國府及中共代表轉達，並請中共撤出蘇北，馬敘倫等拒不接受，及抵南京車站，蘇北難民又向其陳述意見，要求帶領難民向國府及中共代表請願，馬敘倫等斷言拒絕，且有袒護共黨之語，致發生流血衝突，馬敘倫傷及頭部。一九四七年十月，政府宣布「中國民主促進會」為非法團體。

一九四七年底，馬敘倫經中國共產黨的幫助，自上海安抵達香港。在香港，他和王紹鏊等人籌設了中國民主促進會港九分會。此後不久，馬敘倫自香港轉入解放區。一九四九年一月二十二日，與李濟深、沈鈞儒、郭沫若等五十五人在解放區發表時局聲明，支持共黨八項和平條件。一九四九年六月，出席中國人民政治協商會議籌備會，並任常務委員，還任「擬定國旗、國歌及國徽方案」的第六小組組長。

中華人民共和國成立後，馬敘倫任中央人民政府委員、政務院文化教育委員會副主任、中央人民政府教育部部長，後又任中央人民政府高等教育部部長。一九五三年三月，任「中國民主促進會」主席，六月任「中國民主同盟」中央委員會主席。一九五四年八月，任「人大」浙江省代表，九月任第一屆「人大」常務委員會委員（連任第二、三屆）。一九六五任第四屆「政協」副主席。一九七〇年五月四日，在北京逝世，年八十七。

其著作有：《老子覈詁》、《老子校詁》、《列子偽書考》、《莊子義證》、《讀書小記》、《讀左氏春秋記》、《讀兩漢書記》、《六書解例》、《說文解字研究法》、《說文解字六書疏證》、《中國文字之源流與研究之新傾向》、《石鼓文疏記》、《馬敘倫學術論文集》、《我在六十歲以前》、《石屋餘瀋》、《石屋續瀋》等。

《馬敘倫說掌故》是《石屋餘瀋》、《石屋續瀋》兩書的合集，《石屋餘瀋》全書共一三三則，記述了清末以來的掌故逸聞，是作者整理自己各時期藝文掌故筆記而成的著作，具有很高的史料價值。書中還記述民國時期著名人物及其遺事，如李經羲、章太炎、王靜安、李叔同等，大多得之於作者親歷或親聞；另有評述名人字畫的文章，對古代書畫及當時名家之品評極為精到。

馬敘倫和章太炎的交情在《石屋餘瀋》中亦有提及，一九一三年八月十一日，章太炎應共和黨之招，由上海抵北京，初意小住即行，不料一入都門，就被袁世凱軟禁於前門外化石橋之共和黨黨部。一九一四年一月七日，太炎先生以大勳章作扇墜，臨總統府之門，大詬袁世凱包藏禍心，隨被監禁於龍泉寺。在龍泉寺時章太炎曾一度恢復自由，那是馬敘倫與黃晦聞向袁系的政治會議議長李經羲要求所得的結果。後章太炎又被遷往錢糧胡同，馬敘倫回憶當時情況說：「（章太炎）及居錢糧胡同，一切皆由京師員警總監吳炳湘遣人為之經理，司門以至司庖，皆警廳之偵吏，太炎懼為所毒，食必為銀碗、銀箸、銀匕；蓋據《洗冤錄》謂，銀可以驗毒也。其賓客往來者皆必得警廳之許，然後得見，其弟子中唯朱逖先（希祖）可出入無阻。余初往亦不得入，其後乃自如。蓋偵吏知余與太炎所言不及時事也。」

吳炳湘剝奪章太炎見客的自由，章氏大憤。還是馬敘倫找到桐城派古文家馬其昶來向吳炳湘疏通，因馬其昶與吳炳湘有同鄉之誼，馬其昶又是耆宿，當時是參政，如此一來才鬆了門禁。章太炎與馬其昶的會見也是在此時，經馬敘倫介紹而訂交的。馬其昶以《毛詩考》向章太炎就教。後來章太炎對馬其昶的批評較對其他桐城派文人為寬大，曾說：「並世所見，王闓運能盡雅，其次吳汝綸以下有桐城馬其昶能盡俗。」章太炎批評桐城派，獨譽馬其昶，其因在此。

後來章太炎又再度絕食了，朱希祖私藏著餅帶進去要給章太炎吃，沒想到章太炎卻斥擲其餅，就是要絕食抗爭。各方勸說，都歸無效。馬敘倫得知信息後，一早八時就趕到錢糧胡同。進了臥房，看見章太炎裹著三條棉被，吸著紙煙。冬天的北平，屋裏都是要生火爐子取暖。而章太炎的臥室是北房，房子又高又大，可一個爐子也沒有。不是不給他生火爐，而是他不要；他提防袁世凱會用煤氣毒死他。這可把馬敘倫凍壞了，他穿著裘皮大氅，還得在屋裏不斷地兜圈子以禦寒。馬敘倫一邊轉圈一邊開導譬解，憑著三寸之舌，忽談孔孟，忽談老莊，忽談佛學，忽談理學；說到理學，章太炎興致大增，原來他正在這門學問下功夫。可一說到復食，章太炎就引了《呂氏春秋》的話：「全生為上，迫生為下，迫生不如死。」用來說明絕食的理由。馬敘倫只好又把話岔開。兩人從早一直說到晚上八點，章太炎倒是越說越來勁，可馬敘倫卻一整天沒吃東西，正飢腸轆轆，他便趁機要章太炎陪他吃點東西，章太炎居然答應了。馬敘倫趕緊吩咐聽差兼司廚做兩碗雞蛋湯來。一會兒，蛋湯端上來了，放在章太炎的床邊。馬敘倫先遞給他一碗，章太炎不一會兒就落肚了；又遞給他一碗，他也不推辭。馬敘倫又吩咐聽差給章太炎洗臉，然後才與他辭行。到了大門口，站崗的特務都恭恭敬敬地向馬敘倫致謝。馬敘倫不虛此行，盡管自己餓了一天肚子。

後來馬敘倫與章太炎因謀傾袁事，於是趕在袁世凱「登基」之前，辭北京大學教授職，南下參加討袁工作。離京之前，馬敘倫向章太炎辭行。太炎泫然，平生未見其若此也。在回南後一年的春天，馬敘倫始終沒有得到章太炎的消息，便寫了一闋〈高陽臺〉詞，以示懷念。詞云：

燭影搖紅，簾波捲翠，小庭斜掩黃昏。獨倚雕闌，記曾私語銷魂。楊花愛撲桃花靣，儘霏霏不管人嗔！更蛾眉暗上窗紗，只是窺人。

從前不解生愁處，任灞橋初別，略揾啼痕。爭道如今，離思亂似春雲。銀箋欲寄如何寄？縱回文寫盡傷春，奈人遙又過天涯，斷了鴻鱗！

自此以後，政海瀾翻。章太炎遊說西南，不暇寧居；而馬敘倫則舌耕養親，久居故都，馬敘倫說：「與太炎僅二面耳。一為九年，余為外姑之喪南歸，道經上海，訪之於也是廬，高朋滿座，皆縱橫捭闔之儔也，余起居之即別。二為廿一年，太炎至北平，余一日清晨訪之，以為可以敘舊語。乃太炎未起，起而盥洗事已，方相坐無多語，而吳子玉以車來速，余素不樂太炎與聞政事，蓋太炎講學則可，與政則不可，其才不適此也。……知不可諫，即辭而行。余於太炎誼在師友之間，得復一見其平安，亦無他求，而從此竟人天異域矣。今日思之，亦有黃壚之痛也。」

《石屋續瀋》收清末民初以來軼聞掌故九十四則。其中〈清代試士瑣記〉、〈周赤忱談辛亥浙江光復〉、〈八股文程式〉、〈張勳復辟〉、〈潘復殺邵飄萍林白水〉等記錄故實，並及張之洞、張宗昌、湯爾和、孫傳芳、陶成章、夏震武、蔡元培、陳介石、夏丏尊、熊希齡等數十人的逸事。

另《石屋續瀋》談及汪精衛偽府時有對聯云：

近衛汪精衛，你自衛，我自衛，兄魯弟衛。

陳群李士群，來一群，去一群，狗黨狐群。

聯中的近衛是指日本首相近衛文麿，「兄魯弟衛」是指王克敏（字叔魯）和汪精衛，另外一層含意是魯有愚蠢之意，而衛是古代驢子的另一稱呼，與下聯一起看是王克敏、汪精衛、陳群、李士群你們這些狐群狗黨的漢奸，看似靈活機敏，實質上不夠是一班蠢驢而已。這聯詞雖滑稽，但義嚴斧鉞。

目次

《石屋續瀋》

《石屋餘瀋》

馬敘倫

一、《金魚唱和詞》

九年舊曆五月十一日，北京大學同人宴集於城東金魚胡同之海軍聯歡社。沈尹默出示其生朝述懷之作。越日，余有繼造。張孟劬爾田、倫哲如明復和余辭，余因集而名之曰《金魚唱和詞》。尹默原唱云：

其一

戶外猶懸艾葉，筵前深映榴花。端陽過了數年華，節物居然增價。
新我原非故我，有涯任逐無涯。人生行樂底須賒，好自心情多暇。

其二

腦後盡多閒事，眼中頗有佳花。飯餘一盞雨前茶，敵得瓊漿無價。
午睡一時半晌，客談百種千家。興來執筆且塗鴉，遣此炎炎長夏。

其三

眼底憑誰檢點，案頭費甚功夫。天然風月見真吾，漫道孔顏樂處。
騎馬看山也得，乘槎浮海能無。人間何處不相娛，隨分行行且住。

其四

不道死生有命！便云富貴在天。現成言語不能言，讀甚聖經賢傳。
流水高山自樂，名韁利鎖依然。老牛有鼻總須牽，繞得磨盤千轉。

余和云：

其一

戶上猶懸艾綠，尊中尚染雄黃。兒顏隱隱虎頭王，故事年年依樣。
鬚鬢添來種種，歲華任去堂堂。酸甜苦辣已都嘗，只是心田無恙。

自注：杭州舊俗，重午日飲雄黃酒，即以飲余書王字於小兒額上，取威勝之意。

其二

往事那堪重憶，淚絲不覺先垂。哀吟陟岵覆髫時，風雪也銜悲思。
漫道熊丸荻筆，只看計食謀衣。心機費盡鬢毛衰，子子孫孫須記。

其三

少小自矜頭角，春秋勤習詩書。汝南月旦頗相譽，同甫文中之虎。
時向長城飲馬，還趨東府呼盧。從來壯士恥為儒，莫為儒冠兒誤。

其四

燈下頻看寶劍，夢中時擊天閶。舳艫十萬王扶餘，年少氣真如虎。
已往付他鶯燕，從今覓我蒓鱸。春衣行典付黃壚，儌個漁翁閒語。

其五

爽意滿階幽草，陶情一盞清茶。嬌兒隔戶笑呼爹，欲語不成咿啞。
白馬東來震旦，青牛西去流沙。人間萬事看分瓜，底用蝸頭爭霸。

其六

小徑幽花惹蝶，鄰家老樹歸鴉。漸生新月映餘霞，籬落忽聞情話。
閒事無須多管，濁醪大可時賒。買山怏怏種桑麻，歸臥風篁嶺下。

其七

映戶兩顆疏樹，侵階幾點蒼苔。芭蕉半展木丹肥，採蜜蜂兒成隊。
事到頭邊做起，閒來書本攤開。酒餘談笑雜莊諧，也算辯才無礙。

其八

薄醉午床賒夢，微熏乙帳觀書。寂寥門巷耳生車，無事看天倚杵。
籬角柔貓弄子，池頭老鸛窺魚。苦吟不得盡撚鬚，好鳥一聲飛去。

其九

草綠溪橋斷處，烏飛殘月天邊。煙波江上釣魚船，賒取閒情無限。
入社先求許飲，多情偏要參禪。此中欲辨已忘言，且自飽餐茶飯。

其十

只為尋花迷路，轉因踏草遲歸。溪流緩緩送斜暉，羌笛一聲牛背。

困則埋頭便睡，醒來隨意銜杯。暖風吹蕊蝶齊飛，極好一般滋味。

其十一

欲雨先來暑氣，招風急卸涼蓬。推敲幾誤踐花叢，一副詞人面孔。

文字雖然著相，心情澈底都空。西東還是付西東，不問風幡誰動。

其十二

柳岸烏聲啾啃，花橋流水潺湲。淡煙疏月夕陽邊，清興無端難綰。

佳句爭安一字，苦吟竟費三年。虛名成就已堪憐，冷了回腸一半。

哲如和云：

其一

依樣桃符秬黍，客中佳節經過。五陵裘馬少年多，屠狗場中著我。

共道田文啟薛，休提屈子沉羅。客來燕市例悲歌，慷慨荊高唱和。

其二

最憶江鄉樂事，家家競賽端陽。海潮湧現萬龍艭，簫鼓中流蕩漾。
更有荔子灣口，綠陰夾岸清涼。晚風柔軟浪花香，喚起桃根打槳。

其三

早慕小長蘆叟，微官七品歸歟。空疏補讀十年書，泛宅煙波深處。
何事長安索米，翻成稷下吹竽，忝顏還自托師儒，笑問為人為己。

其四

坊肆百千評價，齋廚黃綠標簽。書城高與債台連，典盡春衣還欠。
不是傕租敗興，難教識字成仙。門多惡客橐無錢，笑詠桃花人面。

其五

誰奏回風妙曲，競傳墮馬新妝，風情半老惜徐娘，未解入時眉樣。
女伴踏青鬥草，朝朝芳約匆忙。獸爐香裏日偏長，獨自倚樓惆悵。

其六

幾度輿劉覆楚，何人怨李恩牛。青燈評史笑休休，天上白雲蒼狗。
見說干戈蜀道，又傳鼓角黃州。他鄉傷亂仲宣樓，可仗清愁祓酒。

哲如廣東東莞縣人，少有文名，家世豐厚。多藏書。哲如肄業京師大學堂，畢業，得知縣。分發，不到省，從事教育。亦以聚書為樂，與人共設通學齋書店於北平琉璃廠之南，得善本即自藏之。其所見淵博，嘗欲續為《四庫目錄》。

孟劬和云：

其一

午夢澡蘭寂寂，光風炊黍匆匆。榴花還似去年紅，祇是舞梢香褪。
往事曾題彩箑，新愁自剪秋蓬。昨宵殘酒發春慵，今日扶頭忒重。

其二

菰葉翠香別浦，菖花紅縷誰家。酒醒望卻在天涯，愁滿綠塵芳榭。
珍粟侵肌宛轉，涼簪墜髮攲斜。並池千繞數歸鵶，看到風林月下。

其三

糝地朱英詄蕩，繞盧綠樹恢台。人生底處不開懷，鬥取閒身自在。
聽水安排翠簟，看山料理青鞋。馬駒踏殺不凡材，跳出慄篷兒外。

孟劬，杭州人，選學名家張仲雅先生之曾孫，尊人蒓沚先生即以詩餘稱於時。孟劬戮力文史，其所著《史微》，章實齋後一人而已。於詩深於李義山，嘗為《玉谿生年譜注》，於舊注多所辯正。仕為知府，候補於江蘇，不事衙參，日以品茶、閱書肆為樂。

二、輓聯愜當之難

余不善為儷詞，雖曾有所作，非當行也。輓聯亦須為儷詞，然須括死者行徑、生者哀傷於數十百字中，尤覺難為。余每見有率然矢口，便成妙作者，羨之不已，以為此如酒有別腸也。及佐莫伯恆浙江財政廳為秘書，實司書啟，擬詩詞而已。幸此皆不多，而輓聯顧不絕也。於是不能藏拙，姑試為之。

記挽朱介人云：「捷獻平吳，王常侍勛名最著，更來梓里持旌，堪繼李家和樂，詎知錄寫歸田，西風遽驚聞甲馬；獄成鉤黨，毛督郵風誼難忘，況復油幢載筆，喜陪羊傅襟懷，豈意詩吟落月，白河遙望悵人琴。」挽黃克強云：「勛庸在國，婦女也爭傳姓氏；豪傑為神，英靈猶自鎮山河。」又云：「赤手造新邦，千載勛名書冊府；銀濤歸客柩，萬家雞黍哭先生。」挽蔣觀雲夫人：「父子負文武才名，母雖鸞參天上，青史猶餘千歲壽；賓客多郭荇儔類，我欲鶴化庭中，秋風未許一杭來。」聞觀丈甚許之。余自挽夏穗卿先生云：「先生是鄭漁仲一流，乃以貧而死乎；後世有楊子雲復生，必能讀其書矣。」自謂頗稱穗丈生平。又挽梁任公夫人云：「當國難時，片語促成夫子志，斯乃列女傳人物；臨命終際，一心歸向華藏海，此真能仁氏信徒。」任公亦亟稱之。挽王夢白云：「此世自多程不識，斯才不滅華新羅。」挽楊皙子云：「功罪且無論，自有文章驚海內；霸王成往跡，我傾河海哭先生。」挽朱古微先生云：「遺札猶存先生為余題李雲谷《殘硯圖》，此老已從王子晉；後生安仰，歌辭欲廢鷓鴣天。」《鷓鴣天》，彊老絕筆詞也。挽馬孟容云：「縱托神交，未識白眉終結恨；偏羈萍跡，遙瞻絳帳有餘哀。」挽許叔璣云：「通經致用，自儒志一脈相承，誰令竟閟其長，樹人以老，狼藉講疏，詎意忽趨天上召叔璣以腦溢血歿；志大才疏，負橫塘廿年期許，自知終無所試，玩世不恭，陸沉人海，偏教連哭故人喪。」王夢白先叔璣卒自謂皆無自來習氣。

三、大覺寺看杏花

偕智影及北平大學女子學院學生至大覺寺看杏花。自大覺寺赴管家林，沿途多杏，第未成林。抵管家林，則高高下下紅白嫣然，真若錦繡，惜已盛放，遠望極佳，而近視則英華多謝矣。獨鄉人所居東面亭側兩株，枝幹勢態，悉與眾殊，花亦肥紅，簇聚枝頭，似宋畫中物，最可觀也。杏間雜以白櫻桃花，惜幹皆不高。還大覺寺，再往大工，途中風景較佳。半道間為大覺寺塔院，院前有松樹，姿勢甚美，松杏相依。松則蒼翠欲流，杏則紅粉若濕。大工花無管林之盛，然枝幹勢態似勝管林，管林佳者亦有之。大工之花，開放稍遲，紅綻枝頭，艷無可比，惜時已日落，不及備觀，六時半，復自大覺寺乘車而歸。途中得詩：

其一

山曲紅牆一抹斜，行行且住喝杯茶。
山中莫道無春色，門外家家有杏花。

其二

踏草穿林為底忙，只緣不肯負春光。
杏花紅雨櫻花雪，花外煙籠舊帝鄉。

其三

誰翻紅浪沒遙岑，隨地參差皺錦衾。
莫道江南春色好，杏花終負管家林。

其四

連鞍十八盡釵群，折艷相簪唱入雲。
共指雲邊花盡處，紅牆綠瓦九爺墳。
注：女院院址為清定親王府，俗稱九爺府。

其五

嶺折山盤似伏龍，濃姿到處惹遊驄。
看花姚合曾連夜，策向荒寒夕照中。

其六

一枝紅杏倚蒼松，誰鏤冰心布置工。
卻似看花人兩個，一齊收入畫圖中。

其七

坏砌殘基惜木工，燕支歲歲弄春風。
移來小宋尚書宅，染得環山十里紅。

其八

管家林密此間疏，一樣春光有卷舒。
嫩蕊商量開細細，莫教騷客枉留車。

其九

風景依稀似故鄉，故鄉只少杏花香。
何時乞得靈山種，種遍錢唐作杏王。
注：似杭州翁家山至楊梅嶺。

其十

廿載承平不看花，今遭喪亂走雷車。
只愁一戰洮河後，萬馬歸來盡種麻。

歸後續二首：

其一

莫道看花人自樂，種花人卻暗咨嗟。
踏平無數新培種，折損枝頭不少椏。

其二

看花擊轂復連鞍，看罷無人不盡歡。
只恐明年花更發，看花誰是漢衣冠。

四、清帝遺事

梅斐綺光遠言，清德宗既失歡於孝欽，雖閹宦亦從而侮之。宮內向有私例，百官有所進獻，須納宮門費，否則必不得進。或為之進而害之，更得罪。德宗一日製精饌，令人獻孝欽，孝欽宮監索費，不之予，既不得進，使者復於德宗。德宗即日持往。及抵孝欽室外，孝欽宮監接以去。啟簾之間，即置獸矢末其中，孝欽食之嗅，因白為德宗所親獻，孝欽甚怒。又謂嘗聞諸匋齋端方，李蓮英尚能調護德宗，不如小德張陰鷙媒孽也。此與余前所聞同。

前聞清德宗之崩在孝欽后後。茲聞諸老監云：事實德宗先崩，唯德宗居瀛台，僅長隨數人，復不時更易，崩之際無人在側。及太監入，見帝僕榻下，體如彎弓，亟白皇后，舁至內殿陳殯。或云，帝崩於刺，實以遇毒為近。

五、清初軼聞

清亡時，杭州府知府滿洲人英霖，嘗為余師陳先生黻宸言：「滿洲相傳，江南一士人入都應試，一日，有客至，衣服都麗。自言主人為豪族，主人甫下世，主人弟為政，欲為少主物色師傅，因知先生德學之懋，願奉束修。即置銀幣錦緞等而去，顧謂士人，幸即豫備，當以人靜時車馬來迎。士人愕然，以所置豐腆，姑視究竟。及期，客率騎而弁者八人駕朱輪兩至，取士人行李於副車，肅士人登車。疾駛經重城，達一所，垣宇寬大，設備華貴。客揖士人，請就寢，命八人者謹事師傅。明日，日加巳，客從主人弟挈少主至，賓主禮甚謹，少主謁師傅如儀，主人弟謂士人：「兄亡，嫂愛弱子，幸勿撻。」殷勤付托而去。客告士人：「有需告八人者，請勿逾此院。吾日當陪少主來去。」

自是，少主者日加巳至，加午而退。士人家書往來皆由客通；家月有書，言「收到束修甚厚」。而士人飲食服用之奉亦極贍至；顧以不能逾閾為悶悶，主人弟間時來一慰勞，禮數亦渥。如是一歲，強續聘焉。時以決科為客言，客輒曰：「先生何患不富貴？姑安之，未晚也。」及足三年，士人咨怨，客乃謂：「主人弟已得請於主母，當送先生入春闈，報捷榮歸耳。」離館日，主人弟盛宴勞謝而別，客復送至故邸，士人詫謂：「三年中不知在何世界也。」其實少主即始祖章皇帝也。

六、遊南海子

五年九月，以事入都。會遘國慶，許人入新華門，縱覽南海。循岸東行，折而西北。過渡橋為瀛台，即戊戌政變後清孝欽顯后幽德宗之所也。瀛台在水中，恃橋以渡，德宗居此，顯后命卸其橋，遇謁祭乃得出。涵元殿為德宗寢宮，陳設猶如故，並尋常什器，豪族巨家，蓋有過之者；左室臥炕，壁上僅幔以花布。室中御筆所書春帖甚夥，有光緒三十四年齋戒忌辰牌一面，尚懸壁間，右室壁上有程子「四箴」及朱考亭「四箴」等。出瀛台，仍向西北行，經殿閣均不能記。

往觀石室金匱。石室者，袁世凱預薦可繼己為總統者三人，書其名納諸金匱，藏於石室。是日門扃不得入。聞所書者為今總統黎元洪或謂段祺瑞，及故國務卿徐世昌並其子克定也。初獻此議者為紹興人陳毅字公俠，辛亥浙江反正時嘗為軍政司長者也，公俠以此被寵遇焉。室高可丈，以白石為之。費銀十萬，金匱蓋所謂保險箱而鍍以金者，亦耗五萬云。抵懷仁堂，堂故儀鸞殿也。庚子毀後，乃建如遠西式。其後為延慶樓，聞項城嘗祀顯后於此，令二故監守之，陳設並如顯后時，今則蕩然無所有。或謂項城卒後，其家人悉載以去。堂外有項城手植松樹。有石表，四面俱刻識，南為「國會成立」四字，北為「紀念樹」三字，東為「中華民國二年四月八日」十字，西為「大總統袁世凱手植」八字。字皆小篆，惟「手」字乃訛書為「毛」。是日大風雨，自辰至未始霽。匆匆過覽，未賚筆札，僅記大略。

七、故宮書畫

客館孤坐，最無聊賴，驅車為故宮之遊。自社稷壇而北入西華門，門西向，門內北為新建之寶蘊樓，樓南向。其東為武英門，亦南向；內為武英殿，以昔曾遊覽，遂不復到。西華門之東為緯武門，亦西向。其內自西徂東有橋五，以白石闌之，成偃月形。其北為門三，中曰承運，左曰緝熙，右曰貞度。自中門入，左右二閣曰體仁，西向；曰弘義，東向，皆扃。中為承運殿，殿中凡二十四柱，四隅者不數，柱皆合抱，中六柱塗朱，上復起金龍。南向設寶座，座上負背飾黃緞，繡成中華民國國徽，即仿「虞書十二章」者也。四隅陳熏籠各一，高三尺餘，縱可四尺，橫二尺許，鏤銅為之。內幕朱紗，中實鐵管機事，以輸達溫氣。殿門外，左右陳銅龜鶴各一。殿外左右陳金缸各二，實銅質而塗金者，皆清高宗時所製也。承運殿後為體元殿，又後為建極殿承運、體元、建極三殿即故太和、中和、保和三殿，袁氏圖帝時所易名也，殿外左右亦列金缸各二。復出承運門，而東過經文門，門東向；其北為文華門，南向；內居中為文華殿。左右二殿曰本仁，西向；曰集義，東向。文華殿後為文瀾閣，即貯書處，扃不得觀。

文華、本仁、集義三殿盡陳書畫，略可記憶者，畫則唐閻立本《職貢圖》卷子，長可五尺，極異方人物詭怪之狀，《畫斷》稱立本與兄立德同製《職貢》、《鹵簿》等圖。又不署名《秋山紅樹》卷子，此卷極拙，石皆無皴法，設色甚濃。五代則黃荃花卉，徐熙山水。宋則宣和御筆，及郭熙《寒林蜀道》行卷，林椿《四時花鳥》行卷，郭卷與前記《蜀山行旅圖》同。然觀此則《行旅圖》，為摹本顯然，一具神通，一滯跡象也。馬遠墨筆《美人望月》一幀，頗同日本人畫，其題名「馬遠」兩字則絕似吾家一浮筆。元則趙孟堅、趙孟俯昆弟及孟俯子雍、倪瓚、龔開等作，觀子昂《松陰飼馬》卷子，則知世傳《百駿圖》等，皆所謂彌近理而大亂真者也。子穆亦有《飼馬圖》，一馬骨立就食。子固《二十四孝圖》，《漢文奉親》一幅，女官中有二人，皆冠紗帽，如劇中飾狀元者所冠。聖予《中山移居》卷子，人物奇異。

明則文徵明、唐寅、戴文進、董其昌、沈周、仇英等作。石田畫皆山水斗方，枯硬灑落，自成一宗。實父《百美圖》極精，實父畫有數幀，皆以隸書題名，正與前卷所記《清明上河圖》同，滬江賈人少所見，輒疑隸書者為　作。表弟唐澄宇嘗云，實父得意之筆，多署隸書，其或然與。清則王翬、惲格、王鑒、王原祁、錢維城、鄒一桂、郎世寧、方琮、艾啟蒙等作，蓋清畫最多。《煙客山水》一幀，自署曰染香遺老王鑒。麓台山水斗方至十餘幀，或署名，或不署。南田花卉三幀，惟《藤花》一幀，高可丈三四尺，廣四五尺。世寧《嵩獻英芝圖》，高廣亦如之，設色鮮明，水沫踊躍之狀。不殊真實。《香妃戎裝行樂圖》，亦郎氏所繪也。啟蒙為「蒙部貢馬寫真」四幀，高廣亦與惲畫等，馬各有名，曰同吉黃，曰蒼文騢，曰飛霞騮，皆王傑製贊，曰簫云駱。贊為劉墉製，石庵書與世傳迥殊，蓋係中年筆也。方氏摹《江山千里行看》，長二丈餘，其中舟小者僅五分餘，坐而仰觀者，立而划舟者，神態各具妙致。又有董香光撫北苑、巨然、松雪等山水冊十餘幅，見者疑為真跡。玄宰又題「小中觀大」行書四字，字大八寸。

書則宋蔡君謨行書宋之問《採蓮賦》，白居易《動靜交相養論卷子》及《臨鐘繇》二帖。蘇玉局《畫記》及《與治平院主僧帖》。黃山谷元豐二年四月為孫莘老書行楷立幀。按：莘老為山谷婦翁，山谷又嘗與俞清老同學於莘老，而此幅直署為孫莘老書，豈是時風氣固爾耶？米元章元符二年春二月望日行書卷子，字大八寸許，及《與魏道輔唱和詩》卷子，臨鐘帖逼真元章，有劉辰翁跋。蘇《治平帖》及《畫記》不類，松雪跋帖謂是早年筆也。（按：宣和三年禁稱「主」字，院主改曰管句院，而此帖稱院主，在未禁以前可知。）黃米二家唱和詩卷子最善，頗如世傳諸刻，足為兩宋書家之冠。元則趙松雪為道士何道堅書《洞玄靈寶自然九天生神章經》，有張伯雨跋二首，其前首署張嗣真者，後跋謂是世舊法名也。子穆亦有一跋。松雪又有《桑寄生傳》卷子，悉以藥名成文，體仿《毛穎傳》。明則文衡山行草，長可丈四五尺，字大八九寸。清則張照一人耳，聞陳設閱時一易，或有而未列與。是日特備筆札而往，顧以不許記錄，故僅書如此。

八、翁同龢《並未生事帖》

清德宗二十四年八月，孝欽顯皇后復垂簾，德宗托疾，實幽之瀛台。是時，譚嗣同、楊深秀等既並死於法，其他罷黜者亦數十人。常熟翁同龢以大學士驅逐回籍，既而復有地方官嚴加管束之命。常熟循故事，月具文投地方官云：「具稟奉旨驅逐回籍嚴加管束原任協辦大學士翁同龢稟知，本月同龢在籍並未滋生事端」云云，皆親筆。其門下士仁和陸勉儕丈懋勛曾署常州知府，猶受其呈。

九、龔孝拱遺著

龔孝拱澄為定盦先生之子，與余外祖父鄒蓉閣先生交善。孝拱挾妾居上海，因號半倫。室中古金石羅列，其所著《理董許書》，即據古金石契文以正《說文》之篆，故每言篆誤。然孝拱說字多向壁虛造，偶有所中，亦不盡粹。余已悉取以入《說文解字六書疏証》中矣。孝拱之祖父為段懋堂女夫，而孝拱直斥懋堂「說文注」，不遜也。如昬字以唐諱太宗名故省作昏，段謂隸書淆亂作昏，斥五經文字之說為顛。孝拱則謂段以就其自定韻部，段書之大蔽也。孝拱書稿本中夾有紅八行一紙，論回字者，有「四月十五日陪何貞老看《三笑》四月上浣」十六字，貞老何道州也，看《三笑》蓋看演《三笑緣》劇乎？

十、曾國藩師謝安

相傳曾國藩已克江寧，秦淮畫舫，亦復麕聚，蓋如承平時矣。官吏溺遊，江寧知府某欲禁絕之，言於國藩，國藩欣然曰：「有是哉！明日試治具，吾亦欲約諸公一遊，領略其風趣。」某君因不敢治。說者謂曾以戰餘蕭條，正賴以此招致人物。按：《世說》：「謝公時，兵廝逋亡多，近竄南塘下諸舫中。或欲求一時搜索，謝公不許，云：『若不容置此輩，何以為京都。』」曾國藩正師此意。

十一、沈寶楨死之異聞

相傳沈文肅寶楨之薨，自言為鬼索命，禱禳無所畏避，獨江寧知府涂宗瀛視疾，則暫去。文肅因令涂為伴，須臾不得離。涂苦之。一日，文肅濃睡，涂以間去，而文肅竟薨。然余所聞又有怪者：故浙江候補遭員某，先以知縣候補江南，為文肅屬吏也。一日，小感疾，若有人速之，索衣冠，服而臥。恍抵一所，殿陛森嚴，同王者居。視殿上坐者數人，其一故交也，餘皆古衣冠。故交者即速之坐，曰：「今一案正待公來判耳。」吏抱牘而登，披視則所署罪者，赫然沈寶楨也，心大動，屋宇搖搖若欲壞，強定之。即與故交者榷其事，故交者曰：「此案吾數人者皆定諾，獨待公判耳。」某尚持之。俄而文肅入，便服挺立廷中，氣甚盛。故交者謂某曰：「此公庭不宜復顧私誼，便竟其事耳。」遂按之。文肅殊不服，怒而辯。俄而群鬼來與文肅對質，乃無言。爰書既定，某亦豁然。則家人環集，謂已死一日，徒以心血未寒不敢殮耳。某便問沈制台何如，時文肅故無恙也。無何，聞文肅病，某大驚，日趨人探其耗。及文肅薨，語家人曰：「吾其死乎。」乃告其事，亦卒。不明文肅緣何得陰譴，俄而某亦卒。

十二、袁瞿之隙

善化瞿子玖鴻禨提督河南學政，斥項城不與補縣學生，袁瞿之隙，實始於此，其後善化當國，得孝欽歡，項城欲排之而不得也。會善化以其先人遺冊進孝欽，求得御筆，入謝，得獨對。孝欽語之云：「奕劻（即慶親王，軍機首席也）聲名頗不好，當令出軍機；但奕劻將賜六十壽，須少留其面子，待過其壽日耳。」善化本與慶邸不睦，聞之甚喜，歸述於夫人，仍誡勿洩，而夫人偶漏其語。錢塘汪穰卿丈康年，善化門生也，其夫人極好事，出入善化之門，因得聞之，語穰丈，穰丈表之於《京報》。慶邸知之大懼，謀於項城，項城告英吉利國公使朱爾典，令其夫人入覲，伺間啟白：「慶親王在軍機辦事甚好，何以將令出軍機？」孝欽云：「無之。」夫人因引《京報》言為証，孝欽悟由善化洩之，已怒矣。

項城復召泗城楊士琦草奏劾善化，其由僅八字云：「交通報館，結托外人。」密繕封之，並封銀票一萬元，持與大興惲毓鼎，語之云：「封不得啟。若欲一萬元，即便上之。」薇孫受銀，如語上其封。善化即日奉旨驅逐回籍。初，善化與仁和王文勤文韶不睦，文勤自軍機出督雲貴，命下日，善化令人持名刺詣文勤云：「請中堂的安，問中堂的好。」蓋調之也。及善化被斥命下，文勤亦使人詣善化，命之云：「若往瞿中堂宅，但云：『請中堂的安，問中堂的好』，切勿多一語。」使行，復召之歸云：「吾語若此，汝能傳否？」使述其言不誤，文勤云：「對了。」仍再誡之勿多言。

十三、袁項城祀孔

袁世凱自為總統，五年之間，凡三出邸。一自鐵獅子胡同遷入中海；其二則郊天祀孔也。出則警蹕嚴於前代，所過陳兵夾道，二卒相北。擎槍引機作欲擊狀，居民遙矚，亦遭禁斥。四年上丁，親祀先聖。惟大成殿上不設兵衙，兩廡之外，並陳如道上。蓋不啻以槍擬先賢，使神而有知，不欲歆祀矣。

十四、盛宣懷以賄得郵尚

盛杏蓀宣懷之得郵傳部尚書也，納賂銀三十萬兩。初，郵尚缺，軍機大臣慶親王奕劻開單將請簡，凡列資格可被命者數人，杏蓀預焉。慶邸示意於眾，此缺當鬻三十萬。杏蓀即令人請，慶邸則曰：「他人即三十萬可，杏蓀非倍之不行。」杏蓀憤，且恃己資格最老，亦或無奈我。及命下，竟以畀故郵部司官沈雲沛，而杏蓀以侍郎處其下，雲沛復時時扼之，益大憤，必欲去雲沛而代之。復通慶邸，慶邸知杏蓀之不可終屈，仍許以三十萬畀之。然須現金，不納他物。杏蓀倉卒不可得，乃在天津以一夜力取漢冶萍公司空股券，雜填姓名，專舟運至上海，擬質於某外商。中途汽舟水鍋忽裂，逾十日方抵滬，而杏蓀事幾覆敗。此余聞之為杏蓀運券至滬之朱某。

十五、錫良之廉直

造陳伏廬丈小談。丈為言，昔在東三省，錫良繼徐世昌為總督。時吾杭張金波錫鑾為度支使，錫良查詢前任支付，徐世昌以贈貽王公貂狐馬匹及酬酢遊宴之資，支用應請奏銷之數達百萬。錫良詰金波：「汝為度支，何致竟使濫用至此？」金波答以皆有總督手諭，不能不付。錫良令繳世昌手諭，果然。乃咨度支部請銷，蓋據例應不與核銷也。度支部尚書載澤亦惡世昌之為人者，即據咨入奏，意亦謂照例當不准也。乃奉旨竟予核銷。錫良大恚而無可如何，遂將此案通咨各省，以窘世昌而洩憤耳。余按：錫良律己有禮，居官尚廉。嘗訪岑春煊，春煊貴公子，又身致方面，頤指氣使，習若天性。相語之頃，詩人應命不捷，即時謾罵。錫良謂春煊曰：「何必然！小事吾儕自為之，勝使人。若然，徒損氣耳。」

十六、侍坐雜聞

余問陳叔通師丈，俞曲園先生自河南學政謫歸，以試題為「君夫人陽貨欲及王速出令反」也。據先生自言為狐祟，恐抵譋耳。師丈謂先生出曾國藩門，國藩以肅順薦起，肅順被誅，國藩亦幾不保。先生以是恐禍及。且太平天國勢尚強，故欲以此去職自全耳。余因謂先生病革前之《紀夢》詩亦托之於夢耳。先生門下有章炳麟，宋恕，各有述作，先生固見之矣，故逆睹未來趨勢，托之於夢而寓於詩。師丈謂先生門下有王夢薇廷鼎，據項蘭生言，夢薇乃太平天國探花，狀元即天南遁叟王韜，榜眼則不記矣。蘭生為王叟高足弟子，故悉之也。師丈又謂李秀成親供，向藏曾國藩家。汪穰卿嘗過錄一份，今二本皆不知落何處，《石達開供詞》，附卷存於四川總督署，昔在川，遇一原籍湖南之某人，言其祖及父皆嘗佐川督幕，猶均見之，然清末檢之已不得。

又謂曲園先生之孫陛雲之得探花，實由長沙徐樹銘以先生被譎案被譎，及光緒廿四年，樹銘充殿試閱卷大臣，依憲綱次在第三，探花例歸其擢取，故取陛雲以洩宿鬱。又謂譚仲修先生善罵，杭之知名者無不被罵；不被其罵者，獨陸子鴻先生耳。陸先生謹篤士，實無可罵也。又謂夏穗卿每遇鄉試，輒為人捉刀，自期必佳，並決其名次，每不爽也。丁道甫中式之文，即穗卿所為。

十七、瑞澂出奔

侍叔通師丈坐，因語及清季幕僚事。師丈謂辛亥武昌起義，湖廣總督瑞澂之出居兵艦也，計出諸貞長。謂唐才常之變，張之洞亦然也。有張紀齡者，拍桌大罵瑞澂：「身為總督，既不當走；況屬國戚，應共休戚。」蓋瑞澂為載澤姊婿也。

十八、楊春浦詼諧

杭州有金明齋先生者二，皆非杭人，皆與吾家往還。其一故秀水人，治金石，精於書畫；其一蕭山人，善刻印，然性懶，受囑，常閱時不奏刀也。楊春浦先生嘗有所托，久不報。一日，春浦先生促之，明公曰：「刻刻在念。」春老曰：「吾則念念在刻。」聞者皆發噱。春老以善談名，語無不諧。豐樂橋上一茶館，似名豐樂樓者，杭之文藝諸公每晨必聚於此，即無日不可聞得此老之詼諧也。夏穗卿丈曾佑鄉試發解之年，在此樓自誦其應試之文畢，曰：「非元即第二也！」及榜發，果得第二。丈故以八股文名也。

十九、二錢遺事

許緘甫言其鄉先輩錢楞仙、篪仙兩先生逸事。謂楞仙先生婿於常熟翁氏，時翁心存、同書父子執政，鍾雨辰先生（緘甫稱為湖州同鄉，然雨辰先生為余外祖父鄒蓉閣先生之姑子，亦先祖之同年友。其先世居杭州湖墅，後居城內東山巷，實杭州人，豈其祖籍湖州耶）謂先生曰：「楞仙何愁不富貴！」先生曰：「何謂也？」雨辰先生曰：「有丈人峰也。」先生即謂其夫人曰：「汝回娘家否？」夫人曰：「豈有不回娘家者？」先生曰：「然則你今日即回去，不必再來！」夫人知其性，因曰：「吾既嫁你，唯知從你。」先生曰：「然則你從我回湖州。」即日南發。因此不與翁氏通，翁氏初使人視其女，則所居易人矣，茫然不悉所由，既而知為雨辰先生一言之故。雨辰先生以是不得與試差。故事：翰林修撰未有不於來科即得主考者，雨辰先生，清文宗咸豐九年狀元也。

篪仙先生好貨而諱言洋錢，自扃於一篋中。季子玄同私取之，先生頻呼：「吾失物矣！吾失物矣！」玄同故問失何物，先生終不言洋錢也。先生長子即念劬，亦有癖性。對先生語時，輒拼手若歌者拍板。先生大怒，自此不復與念劬面。念劬前門入，則先生後門出。先生臥室與念劬臥室相對，先生聞念劬歸，即謂念劬婦曰：「你們念劬歸矣。」語人曰：「念劬吾少奶奶之丈夫，吾孫稻孫之父也，與老夫則不相干！」余按：念劬丈出使意大利國歸，居北京，時遊故海王村。著紅履，被故清禮服之外套，其狀甚怪，余輩竊呼為「紅履公」。其以候補道至湖北，入總督張香濤幕。時官吏出必乘轎，轎後有燈籠二，備夜行也。燈籠一面書官銜，一面書姓。丈於當書姓者，作「咸豐通寶大錢」，蓋丈生於咸豐間也。然丈諳熟掌故，接後輩為忘年交。而與人談，及父執，必曰某某年伯，某某世伯，無逕呼其字者，其篤恭又如此也。玄同丈年小於余，其始名夏，字季中。後又字季，去其「中」字。其在北京，教習於北京大學及北京高等師範學校。輒終歲居於校之宿舍，月歸其家數次耳。嘗謂御女不若自瀆，亦癖性使然也。

二十、前輩儉德

與邵裴子同省陳叔通師丈，而丈已往伏廬，遂亦至伏廬，智影亦來。談及前輩儉德，通丈謂尊人止庵太世丈任漢川縣時，陶子方先生升陝西布政使，過漢口，迂道訪太師丈，僅從一僕，買小舟，直抵官廨，人不知其為三司大吏也。相見則各認所御馬褂，猶是昔日從事楊石泉巡撫浙江幕府時同購者也。相謂曰：「即此一事，見吾兩人猶未改吾素也。」

二十一、《中外日報》歸官辦之經過

錢塘汪穰卿丈康年舉光緒十六年夏曾佑榜進士，以病不與殿試。至三十年王壽朋榜始通籍為內閣中書，仍潦倒而沒。丈於戊戌政變後創《中外日報》於滬，持清議，政府頗忌之。吾國之有報自《申報》始，顧於朝局無所短長。《中外日報》起，耳目一振，實革命之先導也，今乃不問椎輪矣。壬寅、癸卯之間，《日報》稍稍眾，而《中外日報》以費絀不能支，貸於張菊生參議，得二萬，約償期。至期不如約，而菊生欲得其成局為己用，力迫不已。且曰：「君能償則已，否則以報歸我。」穰卿憤而謀於蘇松太道瑞澂，及江督端方，立得三萬金，遂歸菊生之貸，而《中外日報》自此為官物。菊生始必穰卿無以償，得坐收其成局，既而知其事，大詫，已無可奈何。

二十二、盛夔卿

盛夔卿為郵尚宣懷長子，仕至湖北德安府知府。多內寵，如夫人者十人。復有外婦，別營墅院居之。然夫人頗悍妒，日監視之，或使其女伴父行止。故諸妾曠不得御，有逃逸者，則復置，足其數，謂之十美。嘗築宅上海池濱橋側，諸妾所居，並以玻璃間隔，不用木材。十室相照，舉止共見，而已室居其中。意以監制，恐有外遇也。有一新寵，亦不能近。一日，夫人方迎客，伺間而往。正當歡會，其女突入，夔卿羞憤，即起駕車出門。車中連飲勃蘭地外國酒名，夔卿車中素備此酒，興致勃然，復往別墅續歡。俄而有促請赴宴者，則是夕方置宴妓家，已為東道也。至則為客勸飲，復進勃蘭地數盞，卒然痰壅，不省人事。妓家大懼，納之車中，送之別墅，別墅向隱於夫人者也，至是惶懼無策。馳告夫人，夫人至，則呵斥外婦，自抱夔卿，復納車中，馳歸邸第，面夔卿氣如遊絲。乃延德意志國醫生視之，用針術。納藥水，少瘥。戒夫人曰：「七日不宜進飲食，否則復病不能救矣。」至六日未，夫人憂其久餓體弱，進芙蕖實兩盞，疾即復作。愧此醫生，不敢復召。則集中外名醫，並為束手。不得已復呼前醫，再納藥水而病卒不起。死未七日，十美殆去其七。

二十三、幕府才難

李義山學章奏於令狐楚，遂能詞翰，事理交盡其美。然簿書往來，豈能一一被之文彩，而文人依馬千言，可動鬼神，使理鄉曲委瑣，竟不能使情理爛然，愜人心目者，比比然也。湯頤瑣丈之在商務印書館，不得於張菊生先生，其曲不必在先生也。昔余在教部，任余友諸貞長為秘書，貞長亦以詩名者也。嘗治清湖廣總督瑞澂幕府。建國初，又佐張季直為農商部秘書，復先後為浙江督辦軍務朱瑞、盧水祥治文書，亦可遊刃有餘矣，乃亦拙於此道。余既得其情，有草，余必自為，遂不復責以此道，但令代撰藻詞題識及普通酬應書札而已，所以全之也。及余去部，劉大白繼余任，竟不能容，貞長狼狽而去，以窮鬱終。故知用人必用其所長，用故人尤當審慎之也。

二十四、李經羲

李仲軒經羲總督雲貴，遠睽中區，外接藩領。仲軒又襲席富貴，矜負逾恆，雖居疆吏，不異邦主，頤指僚屬，如接台圉。然嘗有所畏二僚，承宣沈幼蘭、提法秦幼蘅也。幼蘅故負重名，自迤西分巡右除提法，仲軒囑幼蘭電詢輜重豐嗇，役使有乏，當為資遣，蓋示紆尊禮賢，此為異數。詎幼蘅復詞簡略，僅有四字，曰「二馬馬二」，均不明所屬，相以幼蘅博洽，必有根據。及幼蘅至省，詢之，乃知謂行李僅載四馬耳。幼蘅持性故僻，至是恆忤仲軒。片馬交涉之亟，仲軒陰圖去滇，而陽示為國宣力，致電外務部，謂將躬赴邊方，與敵衝折，久不得覆。一日盛氣訓僚屬，深咎外部，延不咨答。幼蘅即從中啟曰：「國家有處侮，正臣子致力之時，豈特大師當行，即司道亦視旌麾所向，誰敢後者。顧竊謂大臣為國事，不應持氣乃爾。外交重情，亦豈乃爾即了。且大帥果於此行，尚不失大臣風度，則亦不須外部咨答，本司當侍鞭鐙，請即日出關，亦便咨報外部可也。」仲軒為之奪氣。

又當宣統嗣位日，循例設朝行宮，知府家犬隨入殿上。仲軒大怒，面斥縣官辦事不敬。幼蘅啟曰：「知縣不能禁犬，誠為失職。然論今日大帥不敬，有逾知縣耳。」仲軒既積怒於幼蘅，因有廣西提學之移，陽若右除，陰利其去。幼蘅謝恩之奏，竟彈仲軒矣。仲軒一日於衙參時謂僚屬曰：「視吾可為南北洋否？」幼蘭對云：「大帥治雲南政跡卓茂，冠於列省，然南北洋不能為也。」仲軒詫問何故。幼蘭曰：「彼為南北洋者，均所謂混帳之徒，以是知大帥不能為也。」仲軒亦無如之何。

二十五、章太炎

章太炎先生餘杭人，而幼居杭州里橫河橋南河岸，稅王夢樓之孫小鐵家寓焉。其幼病羊癇，故不能應試。長亦獨慧於讀書，其於人事世故，實未嘗悉也，出門即不能自歸。其食則雖海陸方丈，下箸唯在目前一二器而已。清末光緒二十八九年間，俄法皆有事於我，上海愛國之士日聚張園，召號民眾，以謀救止，太炎與蔡孑民、吳稚暉無會不與。稚暉演說，輒如演劇者東奔西走，為諸異狀。而太炎則登台不自後循階拾級而上，輒欲由前攀援而升，及演說不過數語，即曰：「必須革命，不可不革命，不可不革命。」言畢而下矣。太炎時已斷髮，而仍舊裝。夏季，裸上體而御淺綠紗半接衫，其褲帶乃以兩根縛腿帶接而為之，縛帶不得緊，乃時時以手提其褲，若恐墮然。

是時，上海所謂大報者，自《申報》、《新聞報》外，有《中外日報》、《蘇報》。《中外日報》頗能斬駿申、新兩報，不脛而走。至俄法事起，《蘇報》社論時有激昂慷慨，言人所不敢言者。隱然為革命之言論機關也。一日，張園之會，演說者循例不過聲名弈著之數子耳，乃忽有鎮江錢寶仁者躍而登台，演說之時，創言主戰，自鳴當毀家抒難，身有徒屬可召而集者數千人。是日為法侵龍州事也，坐中多兩廣人，錢操方語，兩廣人多半不悉所言，見人多拍手，則有要求譯為粵語者，馬君武自告奮勇迻焉。於是錢名大噪。《蘇報》主人陳夢坡即訪錢而延之寓，便策進行，余於次晚亦造焉。錢所述如昨，並樹三指，以示其徒屬可召而集者三千人。余察其言誇，而舉動殊鄙，歸與湯爾和語，其人不可信，爾和然之，然諸公群焉信之。夢坡之女曰擷芬者，尤佩敬之。既而《蘇報》載太炎答《新聞報》記者一文，中有「載湉小醜」云云，清廷令蘇松太道訟之公廨，於是太炎與寶仁及著《革命軍》之鄒威丹容並繫獄。然錢卒先得脫，以係基督徒，而實乃妄人也。威丹瘐死於獄，太炎則於獄中事縫紉焉。

是時，上海有所謂「野雞大王」者，服西裝而束髮於頂，蓄三綹鬚，貌甚奇。其夫人亦豁達，非尋常閨閣中人，一時名士皆友之。時余與王小宋同一宅住，其人時來訪小宋，余因識焉，遂時造其家。其人實陰懷革命之志，而鬻書於青蓮閣、四海升平樓等品茗之所，亦皆三等妓女之所聚，故擁「野雞大王」之號，其人為誰，徐敬吾也。其所鬻書，雜《革命軍》等於其中，蓋以是傳播革命思想也。張園之會，敬吾亦必與焉。

《太炎文錄續編》有〈救學弊論〉，多根據過實之傳聞。蓋所失固有，而跡其大較，則晚近學術界頗能張皇幽眇，其人固多出於學校，不可誣也。又謂元、魏、金、清習於漢化，以致覆亡之後不能復興，以戒今人慕習遠西文物為可慮。信如此說，則當彶諸蓁柸，不必從事文明矣。余昔固與太炎共鳴於《國粹學報》，彼時乃以擠覆滿洲政權為職志。以民族主義之立場，發揚國粹，警覺少年，引入革命途徑，固不謂經國致治永永可由於是矣。且所謂保存國粹者，非言事事率由舊章也。而論治則以人群福利為本，以共達大同為極。豈可久滯種種區分，若種若國若貴若富而不懸一共達之鵠！夫使人盡得所，生活無歉，必不為人所亡。不然，徒守茹毛飲血之俗，則太古之族存者幾何！

太炎不能書而論碑版法帖，蓋欲示無所不知之博耳。然所論書丹，自謂前人所未說，亦不誣也。又謂意者古人悉能題壁，題壁有力故書丹自易，此見亦佳。韋仲將題榜，身懸百尺之上，可見當時門闕扁額，皆重墨跡，且懸之而後書也，則書丹亦猶此矣。今人不獨不善題壁，亦不善題襟，余嘗懸紙於壁而書之，竟失平日書體，以此知米顛書從此入，大是良法。

太炎為袁世凱幽居於北京錢糧胡同時，以作書自遣。日有大書，嘗書「速死」二篆，大可尺五六，懸之屏風，遂趣其長女以自縊。然此二篆頗有二李、二徐之筆意，計當不存矣。

《太炎文錄續編》有〈吳彥復先生墓表〉，信史也。有〈黃晦聞墓志〉，亦信而少簡，於晦聞之介無稱焉。太炎之初被幽於龍泉寺也，晦聞亦有書致李仲軒，蓋與余約共救之也。

從夏瞿禪假得章太炎《自定年譜》讀之，其記三十一歲避鉤黨南渡，至台灣，謂為日本人所招。然彼時清廷實有命逮太炎，黃仲弢丈得訊以告孫頌容丈，容丈告其從妹夫宋平子先生。宋先生以告余師陳介石先生。師與宋先生皆太炎友也，即促太炎避地，乃應日本人之招耳。其四十四歲在東京時，余遊日本，即往訪之。太炎與其長女叕、女夫龔未生局趣東京鄉間一小屋中，與余談歷數時，留余飯，猶不忍別。其飯配僅大蒜煎豆腐一味也。余勸其歸，願為疏通於浙之當道。太炎亦望歸，時浙以秋霖災遍全省，浙東數不靖，而太炎故鄉餘杭縣亦有事，懼反為太炎累，未言，而武昌軍興矣。太炎亦以十一月歸上海，寓愛儷園，余日趨與劃策，會章笛秋為江蘇都督府總務廳長，秘書長則應季中丈也。與余謀，欲治一日報，為革命鼓吹，延太炎為社長，即《大共和日報》是也。余旋就浙江都督府秘書，而此報遂由太炎而為其所主持之政黨機關報焉。

其四十七歲所記為「袁世凱幽錮」一節，稱陸建章慕愛先達，相遇有禮，可謂君子可欺以其方矣。建章所殺革命黨豈勝指數，乃慕愛太炎耶？建章鷹犬也，受世凱旨，世凱不敢加害於太炎，畏人以此為口實，而又知太炎書生易與，故令建章陽為慕愛而陰實幽錮。其在龍泉寺絕食，余與黃晦聞各致書李仲軒，請其為言於世凱，釋太炎之錮，仲軒不敢言也。其由龍泉寺移錢糧胡同也，先住本司胡同一醫家，醫即建章之屬也。及居錢糧胡同，一切皆由京師警察總監吳炳湘遣人為之經理，司門以至司庖，皆警廳之偵吏。太炎懼為所毒，食必以銀碗銀箸銀匕，蓋據《洗冤錄》，謂銀可驗毒也。其賓客往來者皆必得警廳之許然後得見，其弟子中唯朱逖先可出入無阻。余初往亦不得入，其後乃自如。蓋偵吏知余與太炎所言不及時事也。其後太炎復以鬱居絕食，逖先私袖餅餌以進。太炎斥之，擲其物。比為余知，已第三日矣。余晨八時抵其寓，太炎臥重衾中，唯吸水及紙煙。時方隆冬，所寓屋高且大，不置火，以太炎謂世凱有陰謀，或以煤毒致其死也。余自朝迄更起，被大衣不敢卸，不得食，規以義，勸以情，初則百方不能動之。其拒余也，則引《呂覽養生》之言「迫生不若死」。經余委宛譬諭，旁晚乃涉理學家言，少得間矣。及更起，余見其情可食矣，乃謂之曰：

「余來一日矣，未有食也，今欲食，先生陪我，可乎？」太炎始諾。余乃自令其司庖者煮雞卵兩碗來。庖者以進，余即以一碗進太炎，而余不食，知其餓，可再進也，果然。及其食畢，乃辭出。其司庖與司門者，皆肅立以謝余。自此余出入益自如而得間告以消息。

會馬通伯欲以其所著《毛詩》故，得太炎之審正，余乃引通伯以交太炎。通伯故炳湘鄉人，又稱耆宿，而時為參政，為言於炳湘，監視得少寬。而余與太炎因謀傾袁事，余以明年即為洪憲元年，故辭北京大學教授事，將南歸。時有總統顧問廖容者，故余門人，曾率兵惠州，王和順部也。容時時以讀書來受益，余因囑其歸，糾舊部以討逆。容受命，而余先行，與太炎別，太炎泫然，平生未見其若此也。自此以後，政海瀾翻。太炎遊說西南，不暇寧居；而余舌耕養親，久居故都，與太炎僅二面耳。一為九年，余為外姑之喪南歸，道經上海，訪之於也是廬，高朋滿座，皆縱橫捭闔之儔也，余起居之即別。二為廿一年，太炎至北平，余一日清晨訪之，以為可以敘舊語。乃太炎未起，起而盥洗事已，方相坐無多語，而吳子玉以車來速，余素不樂太炎與聞政事，蓋太炎講學則可，與政則不可，其才不適此也。徒能運書卷於口舌之間，觀此所載，幾若洞照無遺，亮猛復出，而其實每違於事勢，然四方當局皆重其名而館之，亦實非能盡用其言也。故觀其與子玉亦若沆瀣相得，知不可諫，即辭而行。余於太炎誼在師友之間，得復一見其平安，亦無他求，而從此竟人天異域矣。今日思之，亦有黃壚之痛也。

訪章太炎夫人。夫人以余與太炎舊交，述炎丈晚年以舊學不傳為憂，而投贄者遂眾，所進者雜，規之未能止也。炎丈既從恒化，而門下自舊日諸大弟子如朱逖先、汪旭初外，新進如潘某及某某尚可稱為無忝，而率藉此標榜以為己利，尤以沈某為甚。上海太炎文學院之設，即為若輩所以為資者。及經多方經營得以立案，而若輩造為高自標榜之語，忽焉星散，如此者非一二事，未亡人以為苦也。余不詳炎丈晚年事，其逝世後及門所為更未有所聞。夫人之言，必有所苦而發，記之以見學術林中亦復戈矛森立也。

三十一年四月廿二日，章太炎夫人與夏瞿禪來訪。章夫人貽余《章氏叢書》三編，然皆太炎雜文，其中實多不必存者，蓋酬應及有潤筆之作，不免多所遷就，如太炎之文學，無此已堪百世也。及門以廣搜為貴，故片紙隻字，將在所必錄矣。談次，頗及炎丈往事，夫人因及炎丈被幽北京錢糧胡同時，袁世凱使其在上海之讒刺機關，多方謀致夫人於北京，自有所用意也。夫人斷然不往，因以此為章氏尊卑所不諒，炎丈亦有不滿之詞。後雖得白其情於炎丈，而時則北京某報居然以炎丈夫婦仳離之事載矣。余乃以一事質夫人：「當余十八年任教部抵都，時黃季剛教授中央大學，余於一日傍晚抵其寓，蓋以與之不見數年，得一談為快也。因詢及炎丈，而季剛語余曰：『章先生甚恨你。』余愕然。余思雖與炎丈近時蹤跡多疏，若言往昔，炎丈與余固信義相孚者也，何事乃甚恨余？復問季剛，亦止唯唯而已。未知夫人亦曾聞及炎丈有所以恨余者乎？」夫人慨然曰：「北京某報之誣余，即出季剛。季剛好造生是非，其言實不可聽，此人為文人無行之甚者。」因歷舉其事。有為余所知，有為余所未知者。季剛為人在其同門中，如朱逖先、馬幼漁、沈兼士輩固習知之，會集閒談，輒資以為助。憶其將離北京大學時，其同門者皆厭與往來，唯錢玄同猶時過之。一日，余往談甚久，季剛若傾肺腑，且約越日午飯於其家，期早至為快。乃及期而往，則季剛高臥，久候而後出。時至午矣，余腹枵矣，然絕無會食之象。逮午後一時餘，余飢不可忍，乃陳宿約。季剛瞠然曰：「有是乎？余忘之矣！」草草設食而罷。余始信其同門之言。及其後為同門者所擠，而胡適之因利用以去季剛。季剛不善積，得束修即盡，至是無以為行，復依余為周旋於蔣夢麟，乃得離北京也。不意又造作炎丈恨我之言，殊未悉其意之所在。

二十六、劉崧生

智影頃語余，劉崧生病數月矣。醫者疑為肝炎，不治之疾也。余於崧生相識已晚，「五四」運動時，嵩生方居北京，為律師，有藉藉名。即挺身為各校被捕學生義務辯護，余欽服其人。十年六月三日，新華門之役，余為徐世昌所訟，崧生亦願任辯護，其好義如此。越年，余乃得與交。崧生福建人，善別味，其庖丁治饌美。時廣東鄭天錫、黃晦聞，浙江陳伏廬丈及湯爾和、余越園、蔣夢麟，皆與嵩生善。有一時間，輪流為東道，每星期一會，限費不多而饌必精美，然唯崧生與天錫家為最佳，天錫且自治饌，材料必校錙銖也。每會高談大嚼，極酒酣耳熱之興。其後余與晦聞、夢麟皆離故都。二十年，余復至而崧生南行，不相聞問。前年一遇於道，略語而別。今聞智影言，即托轉詢嵩生寓址，亟欲訪存，而今晨讀報，乃見其訃矣。回憶前情，不勝腹痛。三十年九月廿四日也。

劉崧生與余越園皆喜罵人，然嵩生不妄罵。嵩生故屬進步黨，嘗為國會議員，然未嘗就仕途。

越園亦異之，近尚欲謀得國民大會代表也。

嵩生、越園飲酒量皆弘。嘗在崧生家，飲百廿年前紹興酒及七十年前紹興酒，酒皆成膏矣，非以新酒和之不能飲。百廿年者味極醇，入口幾如飲茶，而齒頰皆芬。

二十七、羅文榦

三十年十月十八日，報載羅鈞任沒於廣東樂昌縣。鈞任名文榦，留學英國，治法律學。建國初，任京師總檢察廳檢察長，檢舉袁世凱叛國稱帝，大得稱譽，其膽識固可服也。十年，王亮疇寵惠組閣，鈞任長財政，力任整頓。而陸長張紹曾謀取王以自代，與眾院議長吳景濂等以奧款事，白總統黎元洪，將鈞任逕交法院看管。然莫須有之獄終白，而鈞任之廉潔轉為世信。其後任國民政府外交部長，特別費用餘而不入私囊，則殆自來所未有。鈞任與亮疇同鄉同學，同得時譽，然亮疇之骨氣遠遜鈞任也。亮疇內閣既為紹曾等所毀，鈞任被逮，亮疇不能以去就爭，而猶思戀棧。時余佐湯爾和為教育次長，亮疇辭職之前夕，與外長顧少川維鈞等集爾和家，亮疇不欲因鈞任事而去職，謂爾和曰：「你是醫生，當知醫生以救人生命為務。余今日當以救國為先。」爾和曰：「人正要打殺你。」卒以爾和力持，遂辭職而紹曾代理國務總理矣。繼長外交者為黃膺白郛，時膺白正寓紹曾家，人謂膺白實與其事也。膺白就任外長後，第一件公事即簽定金法郎案。膺白曾語余曰：「我當時拿筆，手為之抖。」蓋慮步鈞任之後塵也。鈞任之獄，非財部科長徐曙岑行恭挺身力証，幾不免於縲紲。而亮疇去職後，亦未嘗為鈞任力也。彼時爾和頗謀脫鈞任，故鈞任與爾和交遂密。其後相偕入吳佩孚幕，又同赴奉天，為張學良客。此後乃分道矣。鈞任平日喜語，語不避人，然率直出肺腑。抗戰之始，桂軍欲效兵諫，胡適之致譴於桂軍領袖李宗仁、白崇禧，鈞任亦斥適之，語嚴而雋。鈞任故與適之善，然不阿友也。今聞其喪，失一良友，而不得臨撫其棺，愴何如也。

二十八、湯李之交

李拔可先生以《碩果亭詩》見貽，都二卷，附《墨巢詞》。拔翁詩入宋人堂奧，評者以為似後山。其〈荔枝〉一絕云：

> 蜀道何曾聽子規，歸心自與水爭馳。
> 三更失去烏尤寺，卻向渝州見荔支。

雋永清雅，唐人風格。又有〈贈湯頤瑣〉云：

> 細書摩眼送殘年，皮骨繩床坐欲穿。
> 自笑眾中能著我，不逢佳處亦參禪。

勞生已付磨人硯，世故猶撐逆水船。
上下雲龍吾豈敢，相看烏可待誰憐。

頤瑣為余父執，湯伯繁丈榮寶別號。丈為湯雨生先生侄曾孫，幼有慧性，才華卓越，與費圯懷念慈、江建霞標同學。費、江皆捷南宮，入翰苑，且載時譽，而丈闃然里閈，教書遊幕，終身不得志，屈蠖叱吒，而性復難諧於俗。常居上海，為小型日報如《采風報》、《遊戲報》之類，日撰諧嬉之言數則，以此資生。及入商務印書館，司文墨，生活始得安定。居館近二十年，得積資三千銀圓，乃失於兵，遂仍以窮死，年七十七矣。夫人史氏，溧陽故相之裔女，丈之孟光也。晚歲傷明，亦以窮死，後丈四年，年八十一。丈工詩，頗似其鄉先生黃仲則，其集晚始梓行。余父與丈契似金蘭，然無譜系之聯。夫人則與余母結盟，內外之交皆無間也。余父歿前，欲托孤於丈。及卒後一年，丈自蘇州至杭會葬，挈余歸蘇州，延劉先生題為余授課。蓋有延陵掛劍之意，風誼為余所感佩，終身矢之者也。丈雖工於文，而顧拙於簿書，在商務印書館時，治文墨每不當張菊生先生意，輒令重草，有時復草至再三，丈不耐也，則每更而愈失。時陳叔通師丈與共事，輒代為治，而拔翁亦調護之，故久於位。讀此詩知翁於丈之厚。

二十九、王靜安

三十一年五月廿九日，某報載何天行〈王靜安十五年祭文〉，意在發明靜安本心不在為遺老，其死則困於貧。夫靜安是否不願竭忠清室，其人死矣，無可質矣；至於其死，實以經濟關係為羅叔言所迫而然，則余昔已聞諸張孟劬，惜未詢其詳。後又聞諸張伯岸，則未能言其詳也。靜安確是學者，余於三十年前即識其人，而不相往還其弟哲安為余同學於養正書塾者也。及其任北大教授，復相見焉，而亦無往還。國民軍幽曹錕，逐溥儀。溥儀遁居東交民巷。時議頗慮其為人挾持，余欲曉以禍福，往請見。抵其所寓，則有所謂南書房侍從者四人，延余入客室。余申來意，有滿人某以手枕首示余，謂皇上正在午睡，如有所言，請相告，可代達也。余不願與若輩言，遂辭而出。此四人者靜安與焉。越日，趙爾巽托邵伯絅告余，願相見。據伯絅云：溥儀以余時方代理教育部務，乃國務員身分，驟不敢見也。余以次珊先生年長，遂謁之其第，然次老並未表示代表溥儀者，故余亦略申余意耳。自此一晤靜安，遂隔人天，不意倏焉十五寒暑也。靜安畢生態度可以「靜」字該之。

三十、吳雷川

吳雷川先生震春，余舅父鄒子葨先生之內弟，清德宗光緒廿四年翰林，然絕無得色。建國元年，入教育部為簽事，靖共厥位，余長教部，擢為參事。國民革命軍既定南京，蔣夢麟長教部，請為常任次長。不久，辭去，為燕京大學校長，蓋先生自少遇艱屯，中歲歸依基督，大為同教中人信仰故也。然先生實以儒理文之，比見先生在北平所為《利與命》講稿，其釋命為環境，與余昔見相契。余昔在北京大學，為諸生講《莊子》，頗發揮此義，莊子所謂命與孔子、孟子同。墨子所以非命，正以其主張天志明鬼不相容故也。特先生未悟環境之「命」字當作「令」，命乃假借字耳。比又聞先生研究墨子與耶穌，謂耶穌之本旨，不在創立宗教，實欲改建社會，趣於共產主義，故揭平等博愛之旨。先生年七十矣，老而篤學如此。其行誼尤有足傳者，平生謹予取，一介不苟。十年前，以窘乏而又病心藏重症，不能事事。余為書告其門人邵元沖、趙述庭等，元沖等乃共醵資奉之。先生初不肯受，後乃曰：「存之，待吾必不得已而後用。」而其佣文子者，一家依先生食，先生急文子而後已，嘗與余言：「人皆相需，吾與文子正相需也。」陳伏廬丈先生之從姑婿也，久居北平，一歲南行，請先生為守其平寓，先生即與丈之佣者共飲食，蓋實信理而能率履者也。

三十一、馬君武

馬君武死矣。三十五年前，余佐鄧秋枚治《政藝通報》於上海，君武與馬一浮邀余同遊西湖。時值暮春，自上海乘輪船至杭，君武、一浮同寓於斗富三橋河下一過塘行中。時杭州唯有爵祿客棧較大，其他皆逼窄不堪居也。次日買舟至茅家埠，遇雨，君武、一浮遂宿雲林寺，余獨歸。轉眼三十餘年，一浮避兵入川，君武還廣西，長廣西大學，不通音問。君武長余四歲，一浮長余二歲，彼時朱顏綠鬢，各自負以天下為任。乃一浮尋即自匿陋巷，日與古人為伍，不屑於世務。君武西遊，留學於德國，及歸而與政，然所成與余相若，實皆未可以為有利於天下也。辛亥之冬，與君武晤於《民立報》館，時皆訪于右任也。十五年前復相見於北京，君武少年，風姿昳麗，至此憔悴非復當年之俊矣。君武少孤，事母孝，然有斷袖之癖。唐桂良語余，君武之董君，君武市婦人服，使夕而衣之，儼然處子也。君武初在上海時，必與國是之會，其演說輒有三件事，每拳而初伸小指，繼以無名指，再伸將指，數而說之。余屢試不爽也。

三十二、王文韶

清末故相王文韶，字夔石，與余同籍故杭州府仁和縣，然知者謂文實江蘇嘉定人也。以進士起家，官至武英殿大學士，致仕。其在戶部郎署時有聲。曾國藩總督兩江，趙惠甫烈文在幕府相論朝事，曾獨稱之。其為人尚圓到，故官湖南巡撫時有「琉璃球」之目：言其內明而外圓也。以此，居朝亦得與權貴相安。庚子義和團之變，夔丈任軍機大臣。領班為榮祿，慈禧后內侄行也。一日，榮祿先至，見載瀾一摺，極言夔丈媚外不忠——載瀾者，端王載漪黨也。——榮祿遽匿其摺。丈至，按目索此摺不得，自語曰：「尚有瀾公（時載瀾位公爵）一摺何在耶？」榮祿語之曰：「你不用管，丟不了的。」及入對，榮祿出載瀾摺進之，奏稱：「載瀾荒謬之至。」慈禧怒視夔丈，而語榮祿曰：「這人靠得住麼？」榮祿曰：「他人臣不敢保，王文韶必無他，臣願以百口保之。」慈禧曰：「那便交給你，」一時夔丈耳已失聰，不知所云，面若含笑，隨榮祿叩首而出。榮祿以語人曰：「此人生死在頃刻間，不自知也，亦大可憐。」

然戊戌政變時，上海電報局總辦經連之與汪穰卿丈康年等以電報達軍機處有所白，軍機處無有司收發電報，皆自總理各國事務衙門轉呈。時汪伯棠大燮為軍機章京，見報，遽改穰丈等姓名，陳夔丈，謀保全。夔丈詢榮祿：「如何處置？」榮祿曰：「斫了！」夔丈曰：「萬壽在即，以此奏，恐有礙；且電中具名者，雖稱浙人，然余皆不悉，此輩無知妄為，不足大懲，不如將經道（時經連之以候補道任總辦）革職以示警。」榮祿然之，事遂已，其所保全者甚大。丈年逾七十，請致仕，得許。故事宰臣致仕，地方長吏巡撫以下備大學士儀仗郊迎送至里第，丈自上海乘鐵道至嘉興，改由水道進，不願勞人也。已還第而巡撫始得報，蓋猶有古人風矣。

三十三、朱彊村　袁爽秋

吾浙歸安朱彊村丈祖謀以詞學名海內，其身長不滿五尺，手指纖白類婦人，語聲清細。其官禮部侍郎，值義和團之變，慈禧后實主之，而端王載漪以子立為大阿哥（清語稱太子為大阿哥），倚勢用事，內結宮廷，外煽團民，故禍至不可收拾。當炮轟使館界時，慈禧挾德宗御殿，召大學士以下至九卿集議。吾浙尚書徐用儀、侍郎許景澄、太常卿袁昶皆抗言拳民不可恃，不宜輕啟釁端，皆被斥責，竟死柴市。彊丈亦力言其不可，其語多鄉音，慈禧不能諭，注視不已，然無可罪之，幸而免。太常字爽秋，桐廬縣人，其始在朝，日者言其當被刑禍，慄慄然懼。出為蕪湖道，尤恐，以外吏易掛誤也。嘗製一囚籠，每日必一入其中以厭之，乃復歸朝籍，意謂當無慮矣，然竟被大辟。

三十四、大茶壺

督辦吉林軍務孟恩遠，出身行伍，初不識字，及貴，能作大幅虎字。十一年冬王寵惠內閣提出辭呈於總統黎元洪，黃陂召集國務會議，辭職者均不出席，各部惟陸軍總長張紹曾至焉。余由次長列席，余以教次廁之，無事可議，遂成閒談。有言及恩遠者，黃陂曰：「這是大茶壺！」蓋恩遠故微賤，曾操役於浴室，曩時小報曾有記其事者。

三十五、程硯秋

聽歌於中和園，湯爾和、金仲蓀在焉，中和台柱為程硯秋，硯秋之歌，婉轉促頓，固自別有所長，其最佳處，納音至於塞絕，而忽悠揚清曼，仍如高山墜石，戛然而止，真有遺味者矣。硯秋為清宣宗相穆彰阿之曾孫行，穆相權傾一時，然至硯秋兄弟已無立錐之地，其母鬻之伶工，羅掞東喜顧曲，愛其幼俊，為之脫籍，且教之焉，遂擅藝譽，今已壓倒南北劇界矣。硯秋事母至孝，推產贍其兄。

三十六、張伯岸

張伯岸之銘，寧波人，以賈起家，創實學通藝館於上海，而嗜藏書，初藏於日本，毀於大地震，今其上海所藏書，亦數萬卷。伯岸年七十矣，藏書無目錄而隨手可以檢得，老而憶力猶強，可羨也。伯岸示余所藏《民報》末期，止章太炎之應付《民報》被封時數牘耳。中有標語六，其三有中華帝國之名。蓋太炎初旨止在覆滅滿洲政權，君主民主非所顧也。

三十七、煙霞洞羅漢

杭州城西南煙霞洞，亦遊憩佳處，惜為閩僧學信點綴惡俗，惟春初梅開之際，尚可駐足耳。洞中有十八應真千官塔，皆吳越古跡也。相傳羅漢舊只六尊，見夢於吳越王，乞為完聚同氣，王為補刻其十二。按：淨慈寺羅漢其始止十八尊，吳越王夢十八巨人而範其像。南宋時僧道容增塑至五百尊。清咸豐間寺毀於兵燹，諸佛俱隨滅度。然此二事相類，豈傳聞有歧耶？又《冷齋夜話》載臨川景德寺有禪月所畫十八應真像甚奇，而其第五軸，亦見夢一女子求引歸，女子果於鄰家門壁間得之。此事在吳越王後，然則應真固善示夢，而事又相類，當補入同書。

三十八、中和園聽歌

金仲蓀約在中和觀戲曲學校學生王金璐之《連環套》、趙金蓉之《奇雙會》，《奇雙會》比去年程硯秋所演相去遠矣。金蓉本宜於青衣而不宜於花衫，又拙於表情，亦以其年齡關系，有體會未切者。金蓉今年約十七矣，貌不若往年之靜穆。往年余觀其演《孔雀東南飛》，亟稱其幽嫻得體，書〈孔雀東南飛〉詩貽之，獎勵之也，今日之作似無進於昔焉。劇中飾風神者，持旂而不展揚；又風神轉述李奇所唱時，音樂之助不力。蓋當以音樂助李奇之唱，而風神揚旂以示所唱之播傳。去年所觀硯秋演時即如此，大有意思也。壓軸為金璐之《連環套》，金璐近投楊小樓之門，故一一唯小樓之是師，至並小樓晚年來倦眼朦朧之狀亦效之，其實小樓中年喪於酒色，又服阿芙蓉膏，故至目損耳。金璐此演大體神似小樓，然皆到七八分，後軸神力俱疲矣。

三十九、三貝子花園

北平西直門外農事試驗場，俗稱三貝子花園，亦名萬生園，即故可園也。周可數里，有池皐之勝，花木蓊鬱，垂楊最佳。東為動物園，有虎，豹、獅、狼、熊、象、斑馬諸獸。獅子與世所圖者迥異，惟與文華殿所陳清陝西將軍阿爾稗繪《狻猊圖》相似，阿爾稗蓋寫生者也。羽族中鸚鵡種極夥，形色皆至麗。西為植物園，有樓曰暢觀，清孝欽顯后嘗臨幸，故遊者皆趨之，余所不至也。

四十、歡喜佛

昔記京師雍和宮歡喜佛事，未能詳也。刻觀李湘帆《金川瑣記》云：「夷地多喇嘛寺，大者殿宇如浮屠，中間空洞直上，四方重簷疊拱，塑釋迦像一如中土。余俱塑歡喜佛，多至千百，皆青面藍身，作男女交媾狀，機捩隨手展動，不穿寸縷，或坐或立，醜態萬端，卻未見有臥像。清淨祗園，不啻唐宮鏡殿。詢之喇嘛，云：『是佛公佛母。』然何必描撫床笫穢至此。男女身有纓絡寶玉嵌飾，兼以骷髏作雜佩，或綴垂馬纓；身下襯藉者，亦莫非骷髏。更有所謂牛頭大王者，形如夜叉獨立。諸歡喜佛間，瞠目注視，似未得其偶。」按：雍和宮歡喜佛雖不多，而狀一如此記，然則仿西域為之者耳。

四十一、岳飛善處事

岳武穆〈滿江紅〉詞固膾炙人口矣，然以其忠義奮發，不僅為詞采而已，其詩固平常宋人句耳。其駐兵江渚時，江禁甚嚴，有毛國英者投詩云：「鐵鎖沉沉截碧江，風旗獵獵駐危檣。禹門縱使高千尺，放過蛟龍也不妨。」武穆笑曰：「此張元昊輩也。」即召見，以禮接之。使今之武人遇之，誰理此輩，驅為元昊之續矣。且今日固未嘗無此輩，特不必以詩投耳。

四十二、墓上植梅

林和靖居孤山，以梅為妻鶴為子，死後因葬其處。故千年來，鶴雖已去，梅固未芟，然非植梅於墓也。余於廿六年植梅於二親塚域，而有句云：「從無墳上植梅花。」後知楊雪漁太世丈師殁後瑩兆植梅。今讀《隨園詩話》，則平湖張香谷臨終有「清魂同到梅花下」之句，蓋以與其兄斅坡友愛而斅坡先殁也。斅坡之子即於墓旁種梅三百樹，則又先於雪師墓矣。恐古人尚有先於此者，余讀書不廣，而記力復弱，武斷如此，可愧。

四十三、朱天廟

英玉欲赴梅白克路松柏里朱天廟進香，囑余為導。及至其處，燭火香煙，目為之眩。英玉徽余同拜禮，余不從。問以何故須余同拜？則曰：「拜菩薩必須偕人同拜，否則來世將作孤老。」可笑有如此者。朱天大帝者，實即明崇禎皇帝也，故塑像右手持環，左手持棍。邵裴子說：「棍以象樹，環以象結繩，正似思宗自縊也。」惟此間廟像頸懸人頭一串，杭州無之，此不知何人妄作聰明也。杭俗祀朱天甚虔，持齋一個月。杏媞謂上海人持朱天齋，世世相傳，不得廢也，否則有災。余謂此皆居喪不食酒肉及示子孫不忘之意耳。亡國之君乃受頂禮如此，豈思陵功德所及哉！亦以蒙古蹂躪華夏，殺戮淫污，皆至其極，朱氏覆之，夜而復旦，故思之不亡。而思陵雖亡國，所遭既慘，又代明者為滿洲，不異蒙古，遂使人戀戀於朱氏。

四十四、官僚解

今人斥人為官僚者，惡之之詞也。然凡作過官者皆目之為官僚，雖於名義無礙，而實不同。蓋斥之為官僚者，言其以官為業，去此不能生活，而其居官則唯諾以保祿位，無所建白，故可惡也。

四十五、談月

夫月最動情，令人百感橫生，然余以為最好相對澹然面不動慮。清輝互映，胸襟無滓，則真不妨百回看也。不然。圓缺怨歡，與為循環，亦竟無謂矣。昨與智影看月後有詩意，今起即為之：

狂風逐濕雲，片片東西飛。
去散風亦止，一輪自東移。
企望心自急，珊珊來何遲。
接目何團欒，投懷盡清輝。
娟娟復皎皎，此乃姑為辭。

儀態竭萬方，誰能寫多姿。
多姿復豈弟，藹然如母慈。
萬物各自照，無擇為不私。
對此豁胸抱，澹澹無所思。
惟念同情人，此際忘其疲。
清露倏已下，勿使沾膚肌。
自注：智影言歸後尚須續看。

四十六、夢中詩

七月十七日晨夢中得句云：

廟堂無善策，清野有遺賢。
絲髮回翔地，江湖浩蕩天。
乾坤終日戰，何事小儒悁。

補首二句可成五言律詩。

四十七、可異的政令

至吉祥園聽戲，以譚鑫培曾孫百歲今日出台演《碰碑》也。百歲視叫天頗能具體而微，異日必有成就勝其祖也。（鑫培子小培遠遜其父，能繼鑫培者，小培子富英也。）吉祥懸有公安局一區署取締奇裝異服辦法若干條，蓋本之南昌行營。其原意在糾正風化，故所列各條中多關女子服裝露體方面事。服裝與風化如何關係姑不置論，女子服裝之不雅觀者，如上衣短衣，不能掩褲腰，復不著裙是也。至於今日裝束，實不甚奇異，其奇異者，必帶西方意味。然其辦法中明明示人曰：「著西裝者，聽之，但不許束腰。」於是所謂摩登女子，類變而服西裝，或在不中不西之間，而托之西裝，其露體更甚。故取締如此，而放任如彼，不知用意果何在也。且名取締而實只可不聞不問，蓋亦有格於勢而不能行者；假令必行，其騷擾何如，此真中國之政令也。北平市直隸行政院，不在所謂剿匪區域之內，而奉行南昌行營之令，亦可怪也。抑服本國之裝，小有變通則目為奇異而加取締，而服西裝則任之，是無異令人當服西裝也，可駭已甚。服西裝則形形色色，益增奇異，固不待論，而在冬令，衣料必多取諸外國，此亦無異為外國推銷其產物也。嗚呼，今日政治所急，本不在是，而一令之出，曾不三思，可謂未讀《霍光傳》者也。

四十八、芻蕘者言

廿四年七月五日訪宋仲方，仲方告以謠言或七號夜當有變。然既為人所知，當無慮矣。仲方又謂：「王克敏北來之前，曾與黃膺白、何敬之商榷對日之策，終以抗禦不能，承認侵地不可，仍止支節應付一法。」然而支節可以日生，應付豈有既耶。當國府移寧之際，余即以為內政當定國是，外交當定國策，兩者皆以從速調查研究入手。此事當以建設委員會任其策畫，政治會議決其行止，總之必使有通盤大計，然後政治方入途軌。十七年，曾勸張靜江先生不必辦事業（時靜江長建設委員會，方攬辦電氣、築路事），宜籌建國大計，政治會議不當僅為因應之機關，宜設各曹，審定國計，時靜江方有所避，不敢當此任。後二年政治會議雖設曹司，尚非如余之旨也。曾幾何時而國勢陵夷至於如此。回想收復漢口租界時，作何感想耶？仲方又謂：「監察院將劾汪精衛、黃膺白、何敬之及殷同等，以權辱國罪。」嗚呼，果有其事，直兒戲耳。夫監察院之精神，早已磨滅盡淨，亦可謂未曾實現；因有監院以來，問狐狸者固數數見，而豺狼則未之問也。此次北陲之事，論理當劾，而當劾者豈僅此數子耶？且在此時而有此舉並不足以示懲戒，而內政外交之糾紛益起。嗚呼！好為門面事，亦吾國人之習性也。余以為此時止宜認識某為真正辱國者，不復使之得政，而切實籌定國計，而勵行束濕之治以科其效。監察院於國計既行之後，執法而繩，擇豺狼而誅之，則狐狸自安於窟穴矣。

四十九、姑妄記之

同縣吳子抱言其外祖於太平天國軍陷杭城時，為所掠榜。詭云有窖銀在某處，軍酋遣小卒二人挾之往取。欺卒使舍兵器，搰地丈餘，故無銀也。卒既在坑中，即取兵殺之，覆以土，亟逃竄。會暮，遙見前途有燈光，往依之。至則有四人據桌為由吾之戲（由吾賭名），四人者顧之，皆無善狀。既而叱令蹲桌下，為搔腿。為一人搔則三人者各以足蹴之，怒其不為搔也。乃以兩手迭搔八腿，不得休息，體亦憊且殭矣。俄而天明，乃無屋宇，亦無桌屏。身在荒野，四人者皆死尸，橫陳於側。其腿上無完膚，皆爪跡。己爪甲中則腐肉滿矣。

五十、錦城行記

廿五年十月廿七日晨七時，自北平赴成都，乘歐亞航空公司六號小型機出發。飛空約千米遠，途次俯觀，所經皆平原，田疇皆無所植，而田方甚為整飭，土色甚麗，略如今西式建築中地板之用各色油木砌成者。村落如棋布，每成方形，余以為此非偶然，蓋今之村落，即古在部落，實即城邑之雛形，其制由來久矣。凡村落率有樹圍之，所謂境界林也。村落中屋宇道路亦甚整齊。九時四十分過彰德府城，城為長方形，城內屋宇亦整齊，僅東北隅有少許空地耳。城有水環之。十時二十分，過衛輝府城，東南北為等邊形，西北少鼓出，城內屋宇不及彰德之整齊，空地亦多，屋宇約占五分之三而強耳。十時三十分，抵鄭州五里堡機場，更乘十九號大型機。小型機中才有客座三，大型機中設備尚佳，椅子可坐可躺，前後二室，共十二座。十一時十分自鄭復發，高度已漸增至二千米達，所過皆山。十二時四十分許過華山，適當其顛，峰勢奇偉，率皆峻削，城口絕壁之上有屋宇焉，惜飛度甚速，不能徐覽也。

午後一時二十分抵西安之西郊，西安城有內外，內城甚大，屋宇道路亦甚整齊，新建築物少而翹露，乘客抵此可以進食，但須先語侍者，以電報相約，俾得豫備。余因不覺飢餓，徘徊於機場四周，遇工人方執炊者，與之語，問歲何如，曰：「大旱。」因指四周曰：「皆不能下種。」問糧價幾何，曰：「四等麵須賣二元二毫，蓋一斤之數也。」觀其以乾稻葉為薪，問其此間皆用此以炊耶，曰：「煤貴耳。」遇陝西省立一中學生三人來觀飛機者，詢其對於學校滿意否，曰：「那能滿意，不過較前稍好耳。」三人皆甚有禮。

二時，由西安再發，高度漸升，二時三十分達二千六百米達，所經山巔，草木黃翠，陰有積雪，旋復升至二千九百米達，旋竟升逾三千米達，氣候漸寒，雲飛於下。三時經過一處，有水道已涸，而綿亙甚長。將抵漢中，復經過一處，亦有河流，而山皆無峰，亦無草木，似經沖刷然者。三時廿八分經一處，群峰歷亂，而巔樹蔥鬱，青翠之中，間以絳黃，俯視如觀五色雞冠花，極為美麗，有水道極長。自此而西，高度漸降。三時三十分為二千六百米達，四時降至二千米達。又經一處，河流甚曲，水濁，山原皆經耕種。四時五分飛度降至一千八百米達。旋復漸降。自此而西，水道彌多，草木皆綠，儼如春日。四時二十分經一縣治，其西為河，西南有橋五孔，有大道在其南，自西而東。四時三十分經一河，自南而北，水色甚新。自北而西，村落漸密。至四時四十分，則道上有人力車往來，知抵成都矣。

四時四十五分抵成都城岩鳳凰山下，自北平至此約二千七百公里，去其逗留者八十分時，實行八時四十分時，計每分時當行五公里又二分之一而弱也。機中所苦惟耳如雷鳴不絕耳。入城，寓東勝街沙利文飯店，城內道路尚好，皆以三合土塗成，勝柏油路也。道路亦潔，聞係責成居民逐晨掃除，故官無所費。此二者皆揚子惠督川時政績也。

沙利文為軍政界要人所設，每日皆有宴集，遊伎亦穴其中，喧囂聒耳，睡不得安。余喜早起，至此則七時後興，侍者枕藉戶外，鼾聲相和，呼之不能起也。欲盥不得。移寓則新式者皆猶吾大夫也，舊式者則皆盥而不潔。

遊市，聞此間古玩鋪皆在忠烈祠街，遂盡閱諸鋪，頗多哥瓷大印泥盒，然舊而完善者少，余得其一，乾隆仿成化也。別得成化哥瓷筆筒一，雍正花瓣式水器一，與余北平所得同形，而色較深。鐘式水器一，道光時物。小盤一，鋪人以為明瓷。可信，惜釉經擦損，不甚澤矣。此數器僅費銀幣十餘元，在北京至少五倍也。然有一淺綠水器，亦明瓷，諧價不得。其實亦止索十餘元耳。

成都市廛略似杭州，而住宅且似蘇州、紹興。巨室皆為台門，多懸板刻門聯。或橫匾額，皆吉祥語。有以匾額為慶祝者，皆懸之大門以內，此俗余初見也。有一宅，門戶已仿西式建築，而額上書「初哉首基」四字。市中男女頭纏白布或黑布者甚多，黃任之「蜀道」以為蓋古遺俗，或以為始於為諸葛武侯服喪者，則不必然，蓋實以氣候關係以此護首耳。

蔣養春來，偕遊新西門外草堂寺、浣花祠、工部祠，二祠皆在草堂寺右。寺中楠木甚多，川中產此最富，故巨室率以楠木為之。浣花祠有額曰「箑室英雄」，大為媵妾吐氣也。工部祠中奉子美，左祠黃山谷，右則陸放翁，皆塑像，尚不甚惡，當有所本也。尋清以前石刻不得。寺祠今方設保甲訓練班，神龕以外皆臥具也。辛亥吾浙光復後，學宮亦如是。大成殿外兩廡皆置寢器，先賢木主不可復睹。死者固無知，若有知，當嘆與衣文繡以入太廟而復棄諸塗污以供樵牧之踐者何異耶？世間榮辱恭敬，皆狐埋狐搰而已。以不便周遊，遂折而至西門外，遊丞相祠堂。其前為昭烈祠，昭烈祠兩廡皆祠昭烈臣僚，昭烈武侯塑像皆俗甚，武侯之像，竟不如劇中所飾，尤較溫雅也。再經南門，至東門外，謁於望江亭，即薛濤故宅，濤井在焉，今名郊外第一公園，修竹叢生，高蔽雲日，境尚悠閒，惜未整理，小販賣食物者川流不息，極擾清談。

出成都北門，過駟馬橋，傳係司馬相如遺跡。遊昭覺寺，寺建於唐，舊名建元，其大殿梁上有吳三桂署銜之題。寺藏有陳圓圓製貽丈雪和尚鞋子一雙，鞋頗長大，今人不能用也，有吳煒夫為丁稚璜繪像，神氣藹然。此老之為忠良，於遺像猶可見也。有丈雪、破山兩和尚行草遺墨刻石，書皆佳，而破山為尤。有朱德未入共產黨時所書扁額，將為叢林掌故矣。此寺為四叢之一，寺產亦富。

劉航琛來，語川情甚悉。航琛方掌財政廳，言川省人口約七千萬，國省兩稅年約一萬萬而餘，是平均每人擔負不及一元五角耳。吾杭市內人口五十萬，而市政府收入二百萬，平均每人須納四元之稅，而其他繳納於省國者不與焉。然則川人宜蘇於杭人，而川人之苦若甚於杭人者。縣中附加捐增於正稅者數十倍，聞某縣政府修理公署亦有附加捐。往年防區制之下，軍人皆可徵稅，搜刮甚到，至連營長亦擁資百萬，則民尚得不苦耶？

赴吳又陵之約，晚飯於其家，八時許歸。途中無燈，不辨所向，然有路燈捐也。往日晚歸，皆由養春、壽椿以汽車相送，故無黑暗之感。今以人力車，車亦無燈，遂如入地獄矣。

昨飲吳又陵家，章衣萍攜川刻《綠野仙蹤》見貽。此書舊與《金瓶梅》同稱淫書，向見小石印本，未之讀也。今晨客來不約，不能得治他事，遂取此書擇其要目觀之。其寫何公子與金鐘兒及溫如玉與玉鐘兒已穢褻至矣，乃寫周小官與蕭蕙娘更甚。而羽士與翠黛尤甚，不啻觀秘戲圖也。豈獨少年人閱之將為伐性之斧，即中年人亦豈可閱！不知作者何心。或謂此書描寫「酒色財氣」四字，而於色字尤極力烘托，然筆墨並不甚佳。金鐘兒以一死了之，豈不大妙，再生為蛇足矣，然舊小說往往如此。

《水滸》中潘金蓮呼西門慶為達達，頃見某報有文，考為蒙古語。以《綠野仙蹤》有親達達，及達達與媽媽對舉者考之，則達達即爸爸或爹爹之轉音，聞川伎呼狎客於淫褻時亦如此。然軍官學校成都分校副主任馬君弼語余，其鄉呼父為達達，君弼故陝西籍，清初徙於川之綿陽，足証余說非臆度。成都飯館以榮祿園最為道地，今則以姑姑筵為最時髦。姑姑筵者，乃川俗小兒相嬉，掬土為蔬，若相鄉者也。此店主人遂取以為名，蓋取嬉戲之意，亦謙辭也。主人黃晉齡，由仕而隱，以此資生，故即於其家設座。每日僅應一席，必須預定，亦不得由客擇菜；資須預給，每餐自三十元起，烹調則主人與其子婦及女司之，殊與尋常飯館不同，不失家常風味。然余未覺其美，或非川人故也。然如「不醉無歸」、「醉花樓」、「醉漚」皆其支流餘裔，而有市味矣。

孟壽椿侍其尊翁來，偕余赴灌縣視察都江堰，自西門出，經郫縣而西，抵崇義鎮，已為灌縣境。過郫縣，即見遠山為雲氣所籠，漸近則山頭積雪皓然。及過崇義而西，重巒疊障，迎人而峙，即青城山脈也。抵灌縣城外，市廛甚繁，經太平橋而入城，橋跨泯江自二郎廟分流入內江之水上，江聲可聞，水色澄碧。至縣政府西之水利局少歇，換滑竿赴二郎廟。滑竿者，以兩杠縛竹坐具，乘之以登山。其坐具編竹如簾，長二三尺，寬尺餘，四角縛於杠上，人在其中，半坐半臥，下山上山，隨勢皆正，前懸以木，可以安足，殊便山行。《漢書・溝洫志》：「山行則梮。」《嚴助傳》：「輿橋而逾嶺。」服虔謂「轎音橋，謂隘道輿車也」；臣瓚謂「今竹輿車也」；余謂梮即轎也；韋昭曰：「梮，木器，如今輿床，人舉以行也。」韋說最明，滑竿當即梮之遺制。

出灌縣西之宣威門，經玉壘關，過禹王廟、純陽觀、慈雲洞，抵二王廟。二王廟即二郎廟，以兼祀李冰父子，故號二王。其實離堆祀李冰，此祀其子。故子居正殿，而冰乃祠於寢殿也。

相傳泯江泛濫，秦時蜀守李冰父子乃將灌口一山鑿斷，使上游之水至此分為兩派，一南行為外江，一北行為內江。而內外支分條析，灌溉川西數十縣，民生以給。故川人神之，以配夏禹。其鑿斷處，號為離堆。有廟祀冰，號伏龍也。

堆之西有土石突出，下斷上連，以水面下視則似斷，其實必不斷也。堆形似象，而此似象鼻，故人號為象鼻子。

二郎廟大門以內有石，刻「深淘灘低作堰」六字。又有一石刻「深淘灘，低作堰；六字旨，精可鑒；挖河沙，堆堤岸；砌魚嘴，安羊圈；立湃闕，留漏罐；籠編密，石裝健；分四六，平潦映；水畫符，鐵樁見；歲勤修，豫防患；遵舊制，毋擅變。」又有一石，刻「深淘灘，低作堰；遇灣截角，逢正抽心」。此皆老於河工水利者，特書以詔示後人，今觀其形勢猶如所言。而「深淘灘低作堰」六字尤為要訣。蓋淘灘不深，則沙石閼積，水易橫流。作堰如高，則水大時為堰所阻，水勢愈猛，易趨於一道，而潰決反多，下流受溉之處或偏於少，或偏於多，是仍為患也，不審此見然否。廟內靈官殿右廊有匾二：一書「書如其人」，一書「純正不回」。上有方朱印，文曰「嚴武御書」。此豈杜工部府主之嚴武耶？何以稱為御書，不可解也。又有一匾，為鄧石如篆書，其文曰：「六二，鳴廉貞吉。象曰：『鳴謙貞吉，中心得也。』九三，勞謙，君子有終吉。象曰：『勞謙君子，萬民服也。』」大殿悉以楠木為之，柱適合抱，高可五六丈。聞殿毀於火，此猶近年新建者也。中祀二郎偶像，兩眉之間，復具一眼；夫舜重瞳子，由書言明四日而附會，姬文四乳，亦張其詞，固未必重瞳四乳也。二郎具三眼者，意狀其治水有特見耳，亦未必三眼也。然檢小說《封神傳》中楊戩號灌口二郎神，亦三隻眼，戩攜哮天犬，使三尖刀，此廟殿前亦陳鐵鑄哮天犬、三尖刀，則此神又是楊戩而非李冰之子矣。然李冰父子有此功績而不見《史記》、《漢書》，何也？垂之方志，蓋自傳聞，余疑實即鯀禹父子事之訛傳。禹生石紐，正是蜀地也。廟依山，其上則祀老君。守廟者為道士，然則乃羽流中之無識者，妄以附於封神榜中之楊戩而鑄犬與刀耳。老君殿最高，本可望江流全景，乃為喬木及建築物所障，不能盡覽為恨。大殿後有木主甚多，皆昔之治此間水利者，惟丁寶楨有塑像，塑不甚好，與昭覺寺吳焯夫畫像相較，此都無是處也。

出二郎廟而西，半里而近，有繩橋，共列七排，每排十五丈，或二十丈，蓋長半里而強。繩絞竹為之，巨可拱把，上鋪木板，旁設繩闌，寬約八尺有奇。故橋毀於往年二劉之爭，劉湘既逐劉文輝於橋南，遂焚橋。去年始復，費竹一〇九四五〇根，石七三五九五方尺，石灰五八五八二斤，木九九〇〇〇根。余等乘滑竿過橋，而步行以還。在橋上觀江流派別甚晰，水聲工工，奮道急下，而水則淺青，激浪成白。水中臥竹龍籠，即所謂籠編密石裝健者。川富於竹，竹性堅韌，編成數丈之籠，而裝石其中，以弱水勢，然年必勤修，蓋水急力大，不易以新，不能持久也。

歸途觀離堆，以水利局同人邀飯，雖方午後三時，草草一覽而行。蓋川俗日食二餐，午前十時午後四時也。飯畢，謁灌縣縣長吳君，方午睡，朦朧而出，余本無意謁之，壽椿以吳乃其鄉人，不宜過門不入耳。縣府大堂猶同清制，公案帷以紅布，錫質硯與山形筆架，又觸余目矣。其西為民刑事犯拘留所。刑事拘留者未見，蓋不使得與外人相面也。民事拘留所見一老婦、一中婦、一童子，余心惻然，不知童子所犯何事也。四時歸，六時余抵成都。朝夕往返二百四十里，又得從容遊覽，無汽車安得辦此耶，科學之利如此。以明晨即有軍官學校成都分校演講之約，不得留而登青城山也。

五十一、《論書絕句》

余自幼好書，垂老得法，廿六年丁內艱，讀禮之暇，成〈論書絕句〉二十首云：

其一

輾轉求書怪爾曹，可曾知得作書勞。
好書臂指須齊運，不是偏將腕舉高。

其二

近代書人何子貞，每成一字汗盈盈。
須知控縱憑腰背，腕底千斤筆始精。

其三

曾讀聞山執筆歌，安吳南海亦先河。
要須指轉毫隨轉，正副齊鋪始不頗。

其四

仲虞余事論臨池，翻絞雙關不我欺。
亦絞亦翻離不得，鄭文金峪盡吾師。

其五

柳公筆諫語炎炎，筆正鋒中理不兼。
但使萬毫齊著力，偏前偏後總無嫌。

其六

筆頭開得三分二，此是相傳一法門。
若使通開能使轉，是生奇怪弄乾坤。

其七

橫平豎直是成規，蝯叟斤斤論魏碑。
我謂周金與漢石，何曾平直不如斯。

其八

偏計方圓是俗師，依人皮相最堪嗤。
金針度入真三昧，筆筆方圓信所之。

其九

三字尤應三筆殊，須知莫類算盤珠。
縱教舉世無人賞，付與名山亦自娛。

其十

書法原從契法傳，奏刀起訖斷還聯。
斷處還聯聯處斷，莫輕小字便連綿。

其十一

為文結構謹篇章，寫字何曾有異常。
布白分間同畫理，最難安雅要參詳。

其十二

意在筆先離紙寸，此須神受語難宣。
無縮不垂垂更縮，藏鋒緩急且精研。

其十三

北碑南帖莫偏標，拙媚相生品自超。
一語爾曹須謹記，書如成俗虎成貓。

其十四

古人書法重臨摹，得兔忘蹄是大儒。
贗鼎亂真徒費力，入而不出便為奴。

其十五

瘦硬通神是率更，莫輕羅綺褚公精。
承先啟後龍藏寺，入手無差曉後生。

其十六

名跡而今易睹真，研求莫便自稱臣。
避甜避俗須牢記，火候從時自有神。

其十七

漫從顏柳度金針，直搏扶搖向上尋。
試看流沙遺簡在，真行漢晉妙從心。

其十八

六代遺箋今尚存，石工塑匠也知門①。
唐朝院手原流遠，可惜規規定一尊。
自注：① 魏碑刀法即其筆法。今河南刻工下手即如魏碑，故偽石遂眾。余藏有唐高宗辛未伊州塑匠馬報遠書〈天請問經〉，規矩儼然。

其十九

唐後何曾有好書，元章處處苦侵漁，
佳處欲追晉中令，弊端吾與比狂且。

其二十

抱殘守闕自家封，至死無非作附庸。
家家取得精華後，直上蓬萊第一峰。

五十二、余書似唐人寫經

得龍瑞書，謂曾參觀敦煌石室藏經，見宋人作書，頗類吾父。何故？按：見余書者皆謂似唐人寫經，其實得其法耳。余固未嘗臨唐人寫經，且以其為彼時院體，並非上乘，未嘗貴之也。然敦煌藏經皆唐以前物，瑞言宋人，誤聞乎？或所見有六朝劉宋時物耶？

五十三、嚴嵩書

杭州城西湖棲霞嶺下岳鄂王廟內有嚴嵩和鄂王〈滿江紅〉詞石刻，甚宏壯。詞既慷慨，書亦瘦勁可觀。未題銜，華蓋殿大學士。後人磨去姓名，改題夏言。

五十四、黃晦聞書

黃晦聞書學米南宮，但得其四面，即骨筋風神也。學米而但具此四面，無其脂澤，將如枯木；但具其皮肉脂澤而無此四面，便成蕩婦。若但具皮肉筋骨，而無脂澤風神，亦是俗書。後之學米者，總不離乎俗。學之彌似而俗亦彌甚。世有嘆余為知言者否？

五十五、鮮于伯機書

鮮于伯機書以雅勝松雪，張伯雨不及伯機而尤雅於松雪。余所謂雅者，以山林書卷為主要對象，有山林書卷之氣韻，書自可目。

五十六、于右任書

上海西愛咸斯路（今名永嘉路）一店中，有鏡框中盛于右任書陶詩一幅，余每過必佇觀之。蓋與予稱其杭州湖濱題碑字相類，真跡也。然諦視此為繡成，工手亦不惡矣。近有兩派惡書，即學右任與康長素者也。于、康字皆不惡，康猶勝于遠甚。然二人似恃其善書，有玩世之意。亦有所作隨意為之，亦入惡道者。故其流遂致於此。

五十七、張靜江書

張靜江能畫。畫勝於其書，書僅具趙松雪面目耳。十六年，靜江忽起興賣字，即日登報，稿猶余所潤色也。數日間即來求者不少，靜江在政府也。于右任能書，自謂其書如梨園之客串。其書實有自來，而太無紀律，摹古自造，亦兩不足。然余頗許其杭州西湖之濱所題六十八師陣亡將士紀念碑，頗有米意。其近作轉不如前，由太隨便也。右任亦以在政府故，求書者委積。上海市中招牌，每見右任題名，乃幾無一真，且竟有不可示人者，然得之者皆堂皇高懸也。

五十八、沈尹默書

與智影訪沈尹默，尹默出示其近年所書，有屏四幅，尹默自許為可存者，余亦僅許此四幅，以為伯仲米虎兒，然虎兒親承海岳之傳，於海岳書若具體矣。海岳直欲凌唐入晉，而虎兒局促唐人轅下，仍是宋人面目。且其骨氣不清，則子不能得之於父，殆天也。尹默此書面目極似，而於虎兒終須以兄事之，蓋筆中猶若夾雜也。余以為尹默他日即以此跨虎兒而上之。若去此便反落虎兒局中，不得出矣。尹默作捺腳時時類海岳，由同其用筆方法故也。尹默又示其所臨褚河南《孟法師》、《房梁公》兩碑，以此見尹默於書，正清代所謂三考出身。于右任嘗比之為梨園之科班，而自比於客串，亦非輕之也。余則若清之大科耳。蓋余抱不臨之旨，偶事臨摹，終頁即止也，況終篇三復耶？

尹默今猶勤於學褚，其論河南實冠有唐一代。余謂顏魯公、徐季海終是開、天以後作者，不得至開、天以前，尹默亦謂然。余謂河南書《梁公碑》乃屬晚年，固有史實。然即書而審之亦然，尹默亦與余同，謂倪寬贊非偽，特非晚年書，此與邵裴子見異，而余同意於尹默。尹默作書無論巨細皆懸腕肘，然指未運，故變化少，其論中鋒仍主筆心常在畫中，特以毫鋪，正副齊用，故筆心仍在畫中，此在六朝碑版中觀之亦然，若《鄭文公》、《金石峪》，余終以為指亦運轉，而副毫環轉鋪張，筆心在中，蔡伯喈所謂奇怪生焉者，必由此出也，此則止能各由其道矣。在尹默處得觀影印本晉唐以下墨跡，不覺喟息。蓋余近年所收此類盡付劫矣，尹默贈余米海岳書〈元日明窗墨跡〉影印本，自此又得與老顛日親矣。

五十九、陳老蓮畫

四年十月，京師中央公園開書畫展覽會，凡七日。余以第一日往觀，所見有陳老蓮人物一幀，畫一宰官高坐，執筆吏人數輩侍焉，相皆奇古，冠服大似日本古裝。有一葫蘆，口上出人半身，對宰官若嬉笑者。初不明何意，次日偶翻《酉陽雜俎》，乃知所謂「傀儡戲郭公」也。

六十、馬阮畫

《隨園詩話》記宿遷女子倪瑞璇嘲馬士瑛、阮大鋮云：「賣國仍將身自賣，奸雄兩字惜稱君。」余謂賣國者豈有不兼賣身者，抑且賣身而國從之，國乃其媵器耳。

六十一、二張畫

在九華堂裕記見張善仔大千兄弟合作《虎圖》四幅，大千補景者。善仔畫虎，自是今之名手，然少韻致，亦由欠生動也。此四幅虎皆瘠，蓋聽經而不食生者歟？又有大千所畫仕女一幅，衣褶有大病，面貌則非古非今，又體肥而短，舉止之狀亦不大方，似一閨婢耳。大千以畫負當世盛名，然氣韻不厚，模古有餘，自創不足；駭俗有餘，入雅不足。

六十二、溥心畬畫

侍陳伏廬丈，並偕邵絅老至中山公園觀心畬愛新覺羅溥俊之畫。余觀心畬畫，此為第三次。心畬以故王孫，多見宋元名跡，故其畫以宋元為面目，而以天姿濟之。初出問世，自具虛中，俄為流俗所賞，以並蜀人張大千，號為「南張北溥」。品乃斯下，全趨俗賞矣。夫獎掖人倫，足開風會。如朋黨相舉，則離道以險。若心畬者，不復自抑，則返樸無期，諛歆氣日盈，天機自淺矣。

六十三、筆墨

作書不必擇筆，亦不可不擇筆。筆之佳處婀娜剛健四字盡之。墨須現磨，須光緒十一年以前所造所謂本煙者方可用，然仍須質細膠輕。唐宋之墨，今不易得，往年見福開森有李廷圭一定，然未辨真偽。聞袁鈺生亦有此墨，惜未見。明之程君房實為佳品，然亦不易得矣。凡墨，用前須薄漆以防水潤，否則致墨易傷，漆墨亦難，太薄則仍失其作用，稍厚又泥筆，不可不慎。余已受其弊矣。磨墨須時時四面調換，務使保持平正，隨磨隨拭，不使墨上沾水，以免傷墨。且使墨汁清細，不致膠筆。墨汁濃淡，以墨汁滴於紙上，檢其暈化，若入紙全化者自未濃也。必須漸化而汁凝於中，觀其色已與墨色同，即可用矣。若落紙不化而凝者，太濃，必滯筆矣。磨墨須注意手法，不使忽輕忽重，用墨亦用其清浮於上者，若其沉澱，則徒損筆而礙使轉。醮墨須令墨汁入於毫之全部，即所謂筆頭全部通開也，且須令墨飽於筆。日本墨近未用過，不知佳壞。高麗墨則用過，所謂翰林風月者，實不中用。其敝如今所謂洋煙製墨，且不黑也。然或更有佳墨，余未之見耳。安南墨據佩英言亦如翰林風月也。紙則新者嫌澀，然舊紙亦不易得，止須質細而堅，墨入而不潤，筆過而不留，金箋徒供美觀，藏金、虎皮、珊瑚、染色皆是備品，不足傳久。硯則但須堅潤質細，不傷筆墨者，如唐宋澄泥及端歙之佳者皆可。磚硯不可用，雖古磚亦不可也。

六十四、高句麗筆

余覺古人所用之筆極須研究。魏碑中有許多筆法，以今筆試之不得。於是有將禿筆書者，有將筆頭略焚或小剪用之者，無非欲求撫寫，皆得其形肖耳，或謂此乃刀法也。果然耶？余疑亦有筆之製作關係。如余近用高麗人某所縛之筆，便覺曩時以為日本製筆較勝於吾國所製者，此又超勝之矣。吾國製筆，以狼毫為最柔矣，然使轉猶不能盡如意也。且製法亦不講究。日本製者，製法較精，而毫並不甚佳。以之模摹晉唐人書，自較吾華製者為勝，然偏於強，故得勁，而使轉亦不盡能如意也。高麗所製，余初用者為一寓天津之高麗人所製。由邵伯絅先生代使為之。然僅作中楷、小楷者二種。其後高貞白向漢城永興堂購來贈余者，亦中楷筆，以余作中小楷時多也。伯絅所使為者，毫色如吾國之所謂紫毫，然細如絲髮，柔於狼毫，露出筆管一寸以外，通開及管，而懸肘運指用之，無不如意。永興堂製者，色近狼毫，而柔過之，用之亦使轉如意。凡晉魏名書中許多筆法及姿態，皆可自然得之，故知有不關筆法而實筆使之然者。

六十五、黃晦聞遺硯

晦聞遺硯大小廿六方，由其如夫人送來，囑為代覓受主。湯爾和選其蕉葉白一方，背有晦聞自為銘曰：「不方不圓，亦毀亦完，如吾硯然。」晦聞自道矣。餘由余送往伏廬，由陳丈召廠肆估值與之。其中半月形一硯，本係余家舊物，乃晦聞鄉賢明代李雲谷所遺，有雲谷之師陳白沙隸書銘詞，屈翁山跋之。余昔為跋而乞陳弢庵、朱彊村、馬通伯、章太炎、楊昀谷、吳絅齋、諸貞長、馬一浮及晦聞題之。晦聞卒之前歲，乞於余，余舉以贈。不意晦聞遽下世，而此硯又將流落人間，然余以避嫌不敢取也。伏丈乃為復從肆賈購之。賈見其殘，亦喜即有受者，遂不焉價而復歸於余。蓋硯本規形，殘及半矣。

六十六、程君房墨

袁鈺生善鑒藏，其所蓄墨可值十萬。鈺生亡後，已有願易價者。余與陳伏廬丈陸季馨合購其程君房製萬曆御製墨玄玄室六根清淨及方於魯製者各一。余試之，玄玄室最佳，御墨次之。研時皆不起沫，其黑如漆而入紙。方製研時起沫，蓋漆重也。色亦黑，但以比程製，則方製油重，略有浮光，然以比昔日伏丈贈余之永樂墨為佳，永墨堅而不黑也。此數墨臭之絕無味可得，其性靜矣。程製御墨質不如方製之細，玄玄室則質色又在二墨之上。又分購得曹素功製「康熙耕織圖」二方，較明墨次矣。

六十七、元槧《琵琶記》

吳癯安梅得元槧《琵琶記》，乃常熟錢氏故物，有錢謙孝章，蓋蒙叟昆季行也。展轉入士禮居，蕘翁親識其後。復為端方所得，陶齋以贈翁傳，未有松禪老人題識，乃戊戌五月歸田前筆也，此書槧不見精，惟與流傳本頗異，頃為吳興劉氏景刊矣。書裝二冊為一櫝，櫝以楠，上刻識亦精。以陳簡莊經籍跋文稱蕘翁以香楠櫝藏宋本《周易集解》及宋本《爾雅疏》，鐫題目一一精良，則此櫝亦為士禮居故物也。

六十八、《蕩寇志》

枕上閱《蕩寇志》，此書俗稱《後水滸》，於《水滸》似有續貂之病，且筆墨亦未能及也。然是有所托而為之者，雖不能及，而視今之諸武俠小說，終勝之耳。特收束處殊為畫足。作者亦當時通人，藝術思想甚為發達，所述戰具如奔雷車之類，竟如現代武器中之坦克車機關槍、高射炮，亦奇思也。余覺舊小說如《封神榜》、《西遊記》，皆事托迂怪而思有獨到，《封神》有反對獨夫之革命思想，《西遊記》明是演佛法以唐僧當淨識，亦第八之本體，悟空則第八識之功用。豬八戒、沙和尚喻第七、第六也。《封神》及此書所言戰具，雖事實不可同日而語，而理想與現代科學家相近，使作者生於今日，受科學之陶熔，必有驚人之發明，尤如此書之作者，實以物理之根據而體驗其奇逸之思也。

六十九、狐異

往聞江蘇承宣署有大仙樓，遇布政使有升遷，即現異徵：樓門凡中左右各一，平日扃之，中門忽開則使升巡撫，左啟升漕運總督，署使真除，則啟右門，歷試不爽也。清末，陸鍾琦升山西巡撫，中門忽啟；然自此門即不閉，蓋是年武昌起義矣。茲復得四事，其一葉丈浩吾說。陳丈云：富陽人陸某，求是書院開始第一班學生也，後畢業上海約翰書院，清末以六品警官供職京師，以信耶教故，無異種信，其初至京，居某處，屋故有大仙，而陸不之信也，一日，倏有大石自空而墜，幾中其顛，人謂之曰：「君不信大仙，今驗矣。」陸曰：「是石也，安知必為渠所致乎。」一言未已而又一石至，陸猶強項不信。是夜，門無故自開。翌日，陸自以木石塞其門，及旦而木石如故，門已失所在，陸乃異之，走語其友魏衡叔，衡叔亦不信，曰烏有是，偕往覘之，衡叔睹石曰：「是烏足異，若此石能自窗孔入者，乃異耳。」言已而一石果自窗孔入，衡叔懼而去。自是或擲自鳴鐘於水缸，或塞裘袍於小甕，敗物甚夥，乃循俗祀之而已。

丈又云：杭人某，奉母以居，而不信狐之能仙也。其赴春官試，嘗挾數百金，必置秘戲圖於其中，蓋聞有鐵板數者，能算取人財，以此壓勝也，一日，狐以稻草為箸置几上，設於其母臥榻前，蓋若供殃者然，又列秘戲圖焉，其母見之大怒曰：「是欲咒我死耶，且又烏得是物。」撻某無數，某呼詈而告冤於人也。丈又云：某遇一狐友，能飲，相對設盞，不見其形而盞屢空。且善謔，某自以為得友。其後，某出賈，其妻乃畫一八卦，懸之床上，蓋懼狐之來也。然狐初故不至，及是，狐至謂某之妻曰：「吾與若夫友，甚相得，且助若家致溫飽，如某事某事，皆吾陰助以得利也，若何為為此，謂吾將不敢至耶？今來語若者，所書八卦有誤耳。」詞已即去，妻顧視八卦，果有誤也。某歸，狐不復至而家日落。葉丈云：民國三年，上海英國租界地名麥家圈者，有居民某姓，其老嫗取衣涼台，擷領而塵撾之，蓋去塵也。忽有北方婦人聲曰：「汝奈何撾吾臂乎？」老嫗大驚，呼少婦至，告以故，少婦曰：「烏有是，若誤聆耶。」即聞答曰：「我實在此。」少婦詢以自何處來，曰自山東某縣來，且非我一人，我家全在此矣。自是，風傳某家有狐仙，稅務使英人裴某聞之，躬訪察之，甫至，即聞曰：「裴先生來矣。」繼而數英人至，皆立道其姓氏、職業無訛也。如是旬餘，忽謂某家曰：「吾與若緣盡矣，今且移至某地，自此與若別矣。」後遂無異。

七十、狐祟

因記狐異，復憶一事，同縣袁文藪毓麟，故居杭州城內廣興巷，屯紙為業，一日，紙堆之中，忽然火起，顧亦無所毀損。人知其為狐祟，而文藪是時方主無鬼之論，邀韓靖盦澄同觀之，果非傳者之謬也，因嚇之曰：「如不即戢，將控諸城隍，火竟不戢，且四面磷磷，此止彼作。」二人懼而並去，而袁氏之業自此衰。此文藪目擊，可為傳信。

七十一、熊十力奇疾

沈瓞民來。與瓞民不見三十年矣。瓞民長余八歲，然神氣甚佳，眉有壽相，談及吾宗一浮，知與熊十力同任復性書院事於重慶。十力治哲學、通佛理、又精儒家言，欲貫通之，而有抑揚，大抵以儒佛為勝。平生有奇疾，終日立而不坐，冬不能禦裘，雖居北平猶然，不然則遺精也。今乃病癒，可喜。

七十二、弘一預知寂期

弘一法師俗姓李，吾浙之平湖人，而世居河北，家世富貴，其名字屢易。余於其友馮某知其善書，篆隸皆擅勝一時，而力於魏碑，《中外日報》封面，即其手筆也。時為清德宗光緒二十五六年間，其字叔同。叔同善音樂，出入勾闌，暱一妓，妓亦善書，致相得。後忽遊日本，仍研求音樂。歸而清社已墟，遂執教於杭州第一師範學校，頗為學生宗仰。易字息霜，既而厭世，披剃於杭州虎跑定慧寺。後遊錫福建，往還閩浙，居泉州開元寺時為多。三十一年十一月十一日夏丏尊來，以弘一圓寂告。弘一貽書與丏尊告別，謂將以某月日離世間，而缺其月日，寂後告喪者為補具之，乃舊曆九月初四日，即今曆十月十二日也。世盛言高僧預悉死期，若可定以晷日者。其實神明之士自知魂魄盛衰，則死可預測，若必期以晷日，乃傳者神之耳。使弘一告別之書傳之後世，亦必以弘一自知寂於九月初四日矣。余方寄弘一詩求書，托丏尊轉投，計時未達而弘一已寂，可謂緣慳。

七十三、出使笑談

清季始建三品以上大臣出使有條約各國，即駐其都。開府設屬，其次有參贊等官。遇賀節慶，出使大臣率參贊以下朝焉。楊樞使日本時，一歲，朝元旦。凡朝，日皇南面立桌內，使臣去桌丈許，北面三磬折，畢，趨至桌前，日皇已舉手待握，握畢，使臣侍立於桌側，申言隨使各官同賀之意，即依次唱名。參贊以下隨唱前謁，禮如使臣。凡握手尚右，以左為褻。參贊汪度，誤舉左手，日皇因不與握，度不知也。楊樞大驚，陰撼度右臂，意其能覺，而殿陛平滑不利立，中國衣冠峨博，輒易致蹉跌，度為樞所撼，即俯僕陛上，大失儀節。日本每歲有二節，春日櫻花，秋日菊花，大集百官，張宴玩賞，各國使臣以下咸得與焉。然宴皆立食，肴饌別貯大盆，各自操刀匕，就盆割取。相與先占席次，後往取饌，往往得食失位，得位失食。中國禮服峨博，不利操刀匕，率不得食。得之緩者，食甫及咽，而日皇已傳警蹕，扈從而出，亦不得飽。歐美人又善侮謔，每以殘骨置中國官禮冠內，朱纓污損，歸者輒生悔恨。而中國官戴翎者，遊覽之際，昂首高矚，翎掃歐美婦人乳上，亦為所恨云。

七十四、力醫

林琴南語余，清德宗末年疾甚，詔各省進醫，琴南鄉人力鈞其子業新醫，嘗與余同事國立北京醫學專門學校嘗進御。歸言：太后南面坐，德宗西面坐，力鈞跪而請脈，良久，起奏太后曰：「皇上聖體虛弱，須進補劑。」太后嚴色云：「若知虛不受補否？」鈞復奏：「少進毋妨。」太后云：「汝慎之。」鈞謹諾而退，汗浹背矣。

七十五、李秀成義子

杭州雲林寺俗稱靈隱西有永福寺，遊人不易至也。余嘗與馬一浮訪之，寺僧僅一人，年近七十，名忘之矣。自云俗姓沈，紹興人，幼時為太平天國軍某將所得，攜至蘇州，忠王李秀成納為義子。秀成義子凡三，而沈最幼。王有夫人三，而沈隸正室，頗得憐愛，予果下馬一，每晨騎而遊。至玄妙觀前進羊肉麵以為常，人呼之為三殿下。沈猶能略言府中事，謂忠王府為江蘇巡撫署，柱飾以龍，王頗為蘇人所喜，夫人亦慈。李鴻章攻蘇州，王遣散眷屬，沈從□王郝□□至嘉興（姓名、地點皆記不真矣），降於鴻章，鴻章賞以三品冠服，今其臥室中猶存此冠，導余等觀之。又導視一龕，龕中供神位，署曰「先考忠王上秀下成」云云。又嘗於佛龕屜中出小冊相示，所書皆太平天國諸王、諸將及女丞相傅□□及洪宣嬌等姓名。余嘗摘記之，今不存矣。沈以竹木製為刀鈹等器，時時舞之，蓋幼時所習也。沈自道披剃之由，以降後還故籍，取妻，有子矣，而病，病中夢觀世音菩薩告以不出家且死，遂為僧。沈主持此庵，一切身任之，至七十後始納一弟子。余於十六年後未嘗至寺，沈當已寂久矣。余見沈時，沈已有精神病，自稱玉皇御妹夫，自書玉皇妹像，奉之臥室；又從雲林寺山門至其寺途中，亦常有所畫像也。

七十六、李叔同一言阻止毀寺

與夏丏尊談及李叔同，叔同以富家子弟，挾絕世聰明，初則比伍優倡，終乃投跡空門，苦行向老。十六年，何應欽率東路軍入浙，時中國共產黨方與國民黨合作，其政治主張滅毀宗教，故一時寺院僧侶無不惶恐。叔同正遊杭州，即召其昔日教授浙江第一師範學校時之弟子宣中華至虎跑寺語以不可，寺院因得不毀。中華語人曰：「生平未嘗受刺激如今日之深者。聞李先生言，不覺背出冷汗。」蓋叔同有一語，謂「和尚這條路亦當留著」也。余謂叔同唯此語為阻止毀寺有效之言，中華所謂受刺激之深者亦指此言。即此可明人各自私自利，此念一起，任何可以犧牲矣。

夫佛法最重利他，而世之僧侶唯求自度。其所以利他者，亦唯以法耳。受人供養而無所施舍，偶有施舍皆小惠耳。余嘗謂使僧侶真明佛法，決當棄袈裟，投數珠，而從生活實際上解決眾生之苦惱。不然，彼過去千佛，最大功德，不過開山傳法，而活地獄依然歷劫不毀。以叔同之聰明，使不僅求自度，其功德必不僅保存一地之寺院而已。且彼時寺院之得不毀，亦非中華一陣冷汗所得收效。正亦因緣多方，時勢為之。此後果得保存，永歷未來乎？然保存之又有何益於眾生。宣中華者，諸暨人，聞係中國共產黨中央委員，亦其浙江黨部之領袖也。然是年中華由杭州至上海，未達而遭捕，竟死。後數年，余從表舅梁西仲之女，岐祥、屺祥姊妹，以共產黨關係被拘於北平公安局，累月不得釋。余乃為營救。既出，談及共產黨，岐祥表妹謂人言中華之死，由你致之。余甚異焉。余絕對不主以暴行加於人者，況陷人於死乎！

往在北平，中國共產黨領袖陳獨秀自上海來，主東城腳下福建司胡同劉叔雅家。一日晚飯後，余忽得有捕陳獨秀訊，且期在今晚。自余家至福建司胡同，可十餘里，急切無以相告，乃借電話機語沈士遠。士遠時寓什方院，距叔雅家較近，然無以措詞，倉卒語以告前文科學長速離叔雅所，蓋不得披露獨秀姓名也。時余與士遠皆任北京大學教授，而獨秀曾任文學院院長。故士遠往告獨秀，即時逸避。翌晨由李守常僑裝鄉老、獨秀為病者，乘騾車出德勝門離平。十三年，余長教部，內政部咨行教部，命捕李壽長。余知李壽長即李守常之音訛，即囑守常隱之，守常亦是時北平共產黨部領袖也。余時雖反對共產黨暴動政策，然未嘗反對純正之社會主義，十五年中華以清黨離杭州，亦未知如何竟被逮而致死。其人頗有才，更惜之也。

七十七、書法要拙中生美

書自懸肘來之拙是真拙，非不知書者之自然拙，亦非知書者之模仿拙。自然拙不美，模放拙反醜。近世如何子貞之小字，確是腕肘並運，五指齊運否尚看不出。包慎伯似兼運指者。

七十八、勞玉初先生遺事

在伏廬晤傅沅叔增湘，以名山勝水一冊見惠。談次，沅叔謂：「少年時，曾以吳摯父先生之介，入直隸清苑縣勞玉初先生幕。縣幕月致薪水之養銀十兩。勞以余薄有文名，且得摯老之介，特年增二十兩，蓋殊遇矣。」又謂：「玉老以循吏稱。然其在清苑，則縣署幾為民毀。由玉老不信神，而縣適遭旱，鄉人擊鼓鳴鑼至縣署，舁所事神，強縣官叩頭求雨。玉老以非列在祀典者不拜。始，玉老禁祀五通，民間訛傳玉老為信耶穌教者，至是相持，民遂鼓噪，既毀大堂，復毀二堂，幸亟退避，乃及三堂而止。」伏丈因舉玉丈以知縣到省時，李鴻章總督直隸，李視其人如鄉曲老儒，薄之。意其不習公牘文字，頗致戒敕。玉丈所對，徑斥督署幕府。李瞿然驚，詰其何指，玉丈即舉象魏所縣以對，李乃改容。詢其曾讀何書，則列舉以對。明日，便下扎令辦牙厘局文案，美差也。

伏丈又舉玉丈任吳橋縣時，遭義和團過境，直隸總督裕祿，以令箭使辦供應，玉丈不謂然，而勢不可違，乃電稟山東巡撫袁世凱，以「義和團過吳橋，即抵魯界，逾此之責，不在吳橋」告。袁覆電謂：「義和團當拱衛京畿，若逾此而南者，必係詐冒，可嚴懲不貸，余亦當率師北堵。」玉丈乃據以布告，少滋事者即誅之，先謂之曰，若係真者，不畏刀槍，然自無不即時殞命者。雖少滋殺戮，而大局得以保全，亦丈應變之功也。又舉玉丈清末還浙時，浙江巡撫將聘丈為浙江大學堂總理。浙江大學堂者，故乃求是書院，浙江新教育機關之首創者也。是時，院生皆浸潤於民族民權之義，每發於文章。院生中有杭州駐防人，所謂旗籍生也，摭拾文字以告其營之豪者金息侯梁，息侯即代為文以上於巡撫。一日，巡撫任道熔屏儀從，遽至院中，托言參觀，巡視講堂宿舍，壁間布告皆錄之。復索諸生肄業文字，親攜以去。越數日，則盡率司道府縣至院，昭告眾人，謂有人密告，院生有逆道文字，公然宣示，監院為之魁率，故余於某日來此察訪，並攜諸生文字監院告條歸而詳覽，毫無所有。當此之時，尚有挑撥滿漢意見，而興文字之獄，實非國家之福，不可不懲。即令仁和、錢塘二縣，將院中旗籍諸生，勒歸其營，令杭州府謁告將軍，請其嚴懲。始出所懷物，令司道以次閱畢，乃交監院閱。時，伏丈正為監院，至是，恍然前此巡撫輕輿而至之故。其密揭中於伏丈致憾尤深。伏丈乃注意諸生，詳察之，果有李斐然、史壽伯者，曾為〈罪辮〉一文，而史文光為之修改者，其文已展轉入玉丈手矣。伏丈乃即偕高嘯桐先生至桐鄉玉丈家中乞觀其文，玉丈謂：「文可觀，但不能持去，余亦決不令此文入他人之手，待余至院時，當毀之。」後玉丈過嘉興，即當嘯桐先生面火之，此與杭州革命歷史上極有關係。

孫江東、李斐然、史壽伯皆余友，而壽伯較密，是時余尚肄業養正書塾也。然此事以余聞於伏丈之弟叔通吾師者，尚可補遺。此事由孫江東偶於暑假中以〈罪辮〉文為諸生消夏之課，有施某者作以質江東，江東圈其文自首至尾不絕，但直勒其文中「本朝」二字，而易以「賊清」二字，學監徐少梅先生得之，以示金謹齋先生，兩人皆以持正自命。而謹齋尤喜事，即持以語勞玉初先生，玉老老於吏事，知可興大獄，即置其文於靴筒中，而以詞緩謹齋，然風聲已遠。院固有滿洲學生，尤悻悻。巡撫任道熔聞之，以詢玉丈，玉丈陽為不知，但曰：「吾自當查。」其實丈已毀之矣。謹齋知之，頗不平，玉丈謂之曰：「此何等事，君欲殺數十年少耶？於君果何益？」事亦已。然余聞「賊清」二字，乃壽白文中所用，或江東據以易施文耶？惜余未嘗面詢壽白，而江東則下世久矣。玉丈為余舅母之弟，而少居余外家杭州大東門雙眼井巷鄒氏，余母又為玉丈之母之義女，彼時余年未冠，雖曾拜玉丈，亦未請也。丈桐鄉人，名乃宣，以進士出任知縣，由吳橋知縣行取御史，又出為江蘇提學使，後賞四五品京堂，入為資政院議員，清亡，居青島，以遺老終。其學長於算術、音韻、法律，為人勤謹，清之循吏也。

七十九、蓉閣先生投贈詩冊

陳伏廬丈使送余托代求俞階青章式之題余外祖鄒蓉閣先生在衡友朋投贈詩冊來。鄒氏世有文學，先生困於科舉，肄業國子監，為管監大學士汪由敦所識，而總不得志，乃隱於簿尉間。其任金山縣典史，署其廳事曰：「三間東倒西塌屋，一個芝麻綠豆官。」可以見其風趣矣。此冊子為公內外交遊投贈之作，余以階老之祖曲園先生與先生為姻家兄弟，而式老長洲人，蓉閣先生曾任長洲縣典史也。讀式老題，乃知式老亦出曲園之門。其詩注中述及曲園曾有題余外家全家忠節詩，則余尚未於春在堂集檢之，余止讀得俞君所為余外家《忠節錄序》耳。式老之考據必精，於此可見。余幼時於遺篋見俞君所書《金縷曲》詞廿四闋，蓋寄余父者，余父亦嘗於訓詁之學有所纂輯，如《任氏鉤沉》之例，不審曾肄業曲園否耳。

八十、吳觀岱之成名

徐北汀來，談及其師吳觀岱先生幼年家貧，而性喜繪事，父令習醬園業，不喜，為父所逐，寄食鄰家。後至某氏，主人憐之，仍勸其習業資生，觀岱執意不願為他業，主人乃出一名畫，姑使撫之，則畢肖，因令居其家，而告其父，令從師，父猶不可，乃商其叔父，始從潘某學，月由其叔父供束修，一日，其師持銀一圓，令白其叔父易之，謂係贗鼎也。叔父不認，師亦不受，觀岱往返其間，既憤且恥，遂不復學。而遊裝潢家，觀所裱佳畫，輒歸撫之，久而裝潢家厭之，不許其入觀，謂之曰：「吾家所裱畫，佳者若皆有臨撫，主者責吾借予君也，此後君可在室外觀之。」然觀岱畫已有成，有錢莊主人囑其畫，開幕時張之，客嘖嘖稱焉。廉南湖泉適為客，亦大驚異。次日召之，謂曰：「公之家況吾已盡悉，公肯從我入都，則不愁生事，且公畫更當有成也。」觀岱喜，但曰：「我無資斧耳。」南湖曰：「為公籌之矣，一切余任之。」遂挈之至京師，為之遊聲，並出所藏，令縱觀之，知其家窘乏，歲時密寄資其家。後為計入如意館，為供奉，觀岱因以成名。觀岱教學者先觀舊跡，別其真偽妍媸，曰：「不然，則入手必差矣。」觀岱無錫人，年六十八，暴卒。

八十一、紀子庚墓志銘

書紀子庚先生墓志銘，庚老原籍福建，而商於吾浙江之象山縣石埔鎮。其初固一窶人，後致巨萬，然好施與，嘗焚人所立貸金券至值五萬餘銀圓。而身布蔬，垂老不易。其行極可稱，多為士大夫所難能。十五年冬，余與蔡孑民丈就浙江省政府政務委員會政務委員職於鄞。翌日，孫傳芳部盧香亭師之孟昭月及段某二旅，皆迫曹娥，余等亟各謀避，余與孑丈以象山勵德人之導，初歇德人家，旋聞象山縣知事將來訪，又亟避至黃公忝史文若宅，欲從海入閩，遂復徙石埔，即寓庚老家。時庚老年已六十餘，方居母喪，觀其家範，即足知其人之德性，象山人譽之，亦眾口無間然也。此文亦余所為，將原來行述刪次，尚存一千九百餘字，蓋其瑣行雖美者亦刊落之矣。詞有條理，有變化，章法、句法、字法皆相當注意，自以為佳作也稿失去，書亦較上年為周叔禺書其尊公鳳山先生墓志銘為進境，不但筆法極嚴，且將近觀六朝隋唐名家佳筆盡集腕下，隨章出之。惜以字小而懸肘書之，經六七行即須休息一時，終覺氣損。

八十二、作書不貴形似

近日反復懷仁所集右軍書〈聖教序〉，悟入愈多，唐人中褚河南得之最深，宋人中米襄陽得之最深，此外無復可舉矣。余則不敢學右軍，力量不足，徒襲其形。古人多矣，何須復增一我耶。此碑墨皇本最佳。

八十三、魏碑

訪王芝簃，踐觀所藏碑帖之約也，乃芝簃尚未午飯，遂不能多留，略觀數種。余近留意魏碑，今日在芝簃處亦見一二種，覺魏書以正光前後一時期為最佳，不知他人以為何如。

八十四、許邁孫之達

在伏廬，聞陳丈談吾鄉先輩許益齋增遺事，記如下：伏丈某年新歲，赴益老家賀年，重門洞開，門者告丈言：「主人正在題主。」丈甚異之，俄而肅客廳事，既而益老邀丈入其正寢，則靈堂赫然，素帷之上，懸一額曰「一代完人」。後肅還廳事而謂丈曰：「君知額詞之意乎？此非余自詡也，乃余家自我以後即完了也。」蓋丈知其子不足繼起，其第三子曰叔治者尤劣，孫亦不甚肖也。叔治一日白父曰：「伯仲兩兄弟皆做官，我亦欲做官。」益老曰：「你也要做官，甚好，吾為汝辦。」即為人貲得知縣，聽鼓於武昌。行之日，適丈往謁，益老告以故，丈更詫之。及叔治將發，詣益老為別，益老出書數緘，與之，曰：「汝此去候補耳，未必有佳況，持此謁父執，可以得例差。」又戒之曰：「此去為官非在家作少爺比，汝但謹慎，弗鬧出聲名來，至資斧不足，余尚可濟汝也。」遂送登舟，舟即泊宅後河中也。及還廳事，謂丈曰：「君知此子往湖北否耶，彼欲往上海耳，余早知之矣。彼至上海，即留連煙花，必傾所攜資而不足，必以質所攜物繼之，必至不能進退而後止。余已潛托吾友，待其質物，則潛為贖而歸於余，君試驗之。」無幾何，丈復謁，益老謂之曰：「叔治歸矣。」既而笑曰：「人則未歸，歸者兩隻箱子也。」

其冬，益老生日，伯子自安徽歸祝父壽，過上海，挈叔同歸，然不敢即以見諸父也。伯肅衣冠上壽時，丈亦往壽，益老延之內室，見益老謂伯曰：「余正思令汝挈汝弟同歸，惜晚矣。」伯因曰：「弟亦歸矣。」益老曰：「然則何不來見我？」伯甚喜，即引叔至，叔治既無衣冠，僅御一棉袍，狀甚窘，向父叩首。益老謂之曰：「汝何以不衣冠？速衣冠，可去款賓客。」叔愧且悚。益老曰：「我知道了。」即令侍從曰：「將三少爺衣箱來。」叔益悚且愧，衣冠之而出。益老復令侍從盡送所贖叔治物，交叔治妻，而謂丈曰：「叔治從此不想做官矣。」叔治無行，終於聚賭為士望所恥厭而損益老之譽。益老如夫人者九，然在者止二人，余或去或死。其第七妾本娶自上海勾闌中，旋復求去，還上海操故業，每歲益老生日時，猶來杭州上壽。家人仍呼七姨太太，益老亦待之如初。當其未下堂時，一日與第六妾爭寵，大吵，益老厭之。詣丈家，告丈之祖母，丈之祖母曰：「做君家姨太太，亦甚有福氣，尚何吵為？」益老曰：「此是他們吃醋耳，姨太太理當吃醋，不然，則是目中無我意外有人矣。」既而曰：「女人伎倆不過五字，吵、臥、餓、死、纏，先之以吵，吵而不已，則臥而不起，臥而不理，則以餓為乞憐，餓而不管，則以死為恐嚇，死而不問，則反而糾纏，忍此五字則無事矣。」然其第五妾則竟死，故益老嘗曰：「吾家諸事皆能辦，獨失之此人。」

益老號邁孫，又號榆園，好藏書，亦善校書。又喜刻書，其所刻《榆園叢書》者，頗行於世，中多詩餘及校訂詞律，為言詞者所貴。其校《意林》一種，所謂三卷六軸本也。叢書中有目無書，蓋漢刻上卷之上下而未畢也。余於益老物故後，得之杭州上板兒巷一小書店中，所賣皆益老家書也。後行南北，欲再得一本，問之，人皆不知，雖博覽如徐森玉亦曰：「未嘗見。」而余此書收之篋衍二十餘年，卒以為兒子克強遊學比利時國，資斧之貶，以袁守和之介，售諸美利堅國某大學圖書館，不知天壤間尚有否耶。此書視《聚學軒叢書》中所刊互有詳略，而要以此本為詳，若不可更得，使國人不復得見此孤本，則大可惜也。余所得益老遺書，有其印章曰：「得之不易失之易，物無盡藏亦此理。但願得之自我輩，即非我得亦可喜。」其曠放多類此。

《冬暄草堂師友箋存》中有益老與止庵太世丈師一書，中言其洩病，有云：「弟心中本無絲髮掛戀，說去就去，此理自甲申至今日，早已認得清清楚楚。」則此老所以曠達者，正緣認得此理清清楚楚也。至其朱紫成圍，嗜賭如性，旁人少其無品，此老直不屑辨。箋存中又有樊樊山與止師一書，中謂「與許抑老暢敘數次，此老的是晉宋間人，對之使人意達」。抑老即榆園主人也，可見當時人於此老已有定評，而鄉人欲排諸衣冠之外者，固知習俗所貴在彼耳。此老聚書校書刻書亦復如性，蓋亦寄其生命之所在，或人為動物，動物固不能無一事以羈其心耶。益老有〈春盡日湘春夜月〉一詞云：

> 最無聊瞢騰過了殘春，向夜獨擁寒檠，寂寞對吟尊。只剩一絲愁影，和漫天飛絮，斷送黃昏。卻魚更乍轉，獸煙已歇，無可消魂。誓從今日，生生世世不種情根。天倘憐儂，願大地花花草草，都証前因。無端夢裏，偏尋著舊日巢痕。天風引聽釧聲低控，闌干那角，有個人人。

此老亦多情種子，然亦行雲流水，所過不留者與。止師方嚴端人也，而於此老交終身，且復為揚聲，豈非此老所謂「周顧人寰，知我惟兄」者耶。人生果得一知己，死而無憾；然所謂知己者，必盡知之，若知其一二者，不足當之也。

八十五、浙江最初之師範生

浙江之有師範學校，始於清宣統初，其先蔡孑民丈倡議欲立，為杭州紳士翰林院編修樊恭煦介軒姻丈所阻。介丈為余舅母之兄也，以終養在籍，其人自命持正，而實妒其議不發於杭紳耳。丈垂老復起為江蘇提學使，則師範學校已為定制，固未聞有異議於當官之時也。然余於光緒二十五年入養正書塾，肄業三年，余與湯爾和、杜傑風以特班生，周敬齋、葉書言、龔菊人以頭班生並兼課幼生一班，略如後來師範學校之有附屬小學供師範生畢業時實習者也，時余等六人亦稱師範生也。

八十六、米海岳論書法

黃晦聞藏米帖八種，有海寧蔣氏《重刻群玉帖》中第八卷下冊及《白雲居》米帖，余借觀之。《群玉帖》第九冊云：「學書貴弄翰，謂把筆輕，自然手心虛，振迅，天真出於意外。所以古人書各各不同，若一一相似，則奴書也。其次要得筆，謂骨、筋、皮、肉、脂、澤、風、神皆全，猶如一佳士也。」余謂運指則把筆自輕手心亦虛，亦無不振迅矣。余作書即患太迅，亦以運指故，不得停留也。運指故天真每出於意外，而欲不異人不可得矣。帖又云：「筆筆不同，三字三畫異，故作異；重輕不同，出於天真，自然異。」此亦從運指即可得之也。帖又云：「書非使毫行墨而已，其渾在天成如蒓絲也。」余謂常人作書，無非使毫而已。米所謂骨、筋、皮、肉、脂、澤、風、神，自無一而具，彼雖用墨，不過具點畫耳。故使毫行墨，於墨以見骨、筋、皮、肉、脂、澤、風、神而非見其點畫而已也。帖又云：「得則雖細如髭髮亦圓，不得雖粗如椽亦褊，此雖心得，亦可學入，學之理可先寫壁，作字必懸手，鋒抵壁，久之必自得趣也。」

余按：唐以前蓋尚無如今之桌椅，席地而坐，鋪紙蜱几，其作書也，無不懸手，故不但仰可題壁，亦俯可題襟，使筆如使馬，銜轡在手，控縱自如，平原則一馳百里，崩崖則小勒即止。今有桌椅，故作書者作方寸內字，幾無不以腕抵桌，而筆皆死矣。甚者即方寸外字亦復不懸手，彼因不知所謂書道，亦何足怪。故今欲學書，寫壁實為無上善法，苟能書壁，則桌上作書，懸手絕無難矣。蓋寫壁較桌上寫，難不啻以倍也。在壁有盡，或竟無可書之壁，豈遂不可學書耶，可張紙於壁書之。然壁實而紙浮，書之更難，久學亦無難也。至於桌上作書，即方寸內字亦須直躬而坐，懸手使筆，大氐初試竟不能下一筆，習久而以俯身以腕抵桌為不便矣。伏廬昔有《一雅集》，余嘗與焉，余作書即寫扇面亦如是也。邵伯絅先生則以手抵桌，揮灑自便，然其書無論真行及草，一紙始終無一奇怪之筆，惟以形式不取整齊，筆致不尚光剻為盡美耳。有以小字亦以懸手為問者，彼答不必然也。余謂唐人寫經，驗其筆法，是懸腕作者，或以語吳雷川丈，雷丈云：「懸腕如何能寫得？」余又嘗為高魚占書扇，魚占譽之。陳叔通師丈欲明余作書之苦，告以此亦懸腕肘所為，魚占曰：「如此者我竟不能下筆。」吳丈不以書名，而伯絅、魚占皆負譽者也，其實今之書者，十九皆若二君也。人因謂觀者一樣稱譽，亦何必然。噫，為得世欲之譽，誠不必然，以藝術言之，豈可不自盡耶。

帖又云：「余初學顏，六歲也，字至大一幅，寫簡不成，見柳而慕緊結，乃學柳《金剛經》，久之知出於歐，乃學歐，久之如印板排算，乃慕褚，而學之最久，又慕□季轉折肥美，八面皆全，久之覺□全繹『蘭亭』，遂並看法帖，入晉魏平淡，棄鍾方而師宜官，《劉寬碑》是也。篆使愛咀楚石鼓文，又悟竹簡以竹筆行漆，而鼎銘妙古考焉，其書壁以沈傳師為主，小字大不取也，大不取也此（四字疑為衍文——編者）。」此老示人以其學書甘苦，並其經歷，字字是藝壇金鑒也。今之教學書者，或先從趙、董入手，梁聞山云：「子昂書俗，香光書弱。」然則此乃取法乎下矣。入手處差，以後欲脫牢籠亦不易矣。或教先從顏、柳入手，此則取法乎中者也。近世稍稱能書者，無不習顏入手，然所作類似墨豬，上則如田舍漢，且以此驕人，謂魯公亦不過得此評耳，然魯公〈祭侄文〉、〈爭座位〉，何嘗盡如此，只有一副本領耶。柳書米老取其緊結是也，然筋不藏肉，與道因圭峰同有寒乞相，豈可學耶。或教先學歐陽信、本褚登善，似得之矣。然歐、褚皆親見晉人真跡，得其筆法，而後之習歐、褚者，無非從翻本或劣榻《九成宮》、《聖教序》等臨摹，得其形似，便以為盡能事，直使歐、褚發噱於地下耳。又或先學《張猛龍》、《鄭道昭》，可謂取法乎上矣，然不得筆法，則與學歐、褚者同其所得。近世吾浙有趙撝叔、陶心雲，皆能書魏碑，然撝叔尚知筆法，所作尚活，心雲全是死筆。余以為學晉唐書不易藏拙，寫魏碑最可欺人，欲以藏拙欺人，任習一二種魏碑，便無不可，否則未得窺其法門，總不可遽語高深。或教先從魏晉入手，或先習篆隸，此法陳義過高者也。

昔吾鄉譚復堂先生教子弟，輒先以《史通》、《文史通義》，其子亦能信口而道，實乃一無所有，能述庭訓耳。學書而先篆隸，亦猶是矣。且余以為今通以漢之八分為隸書，其於真書尚為高曾矩矱，若篆書實為祧祖矣。或以為篆書欲得其圓勁，學隸書欲得其方勁，其實得使筆之法，方圓自然而致也。學隸書於結構間架猶可取法，篆書則石鼓、秦公敦小具格律，其他布置隨情，當時書者，本非秘閣通才，藝林供奉，率爾下筆，但循規矩，猶之魏碑竟有類匠人所作者。昔余友張孟劬贈余唐高宗「辛未伊州塑匠馬報遠書天請問經」，審其筆法，與六朝名書實無區別，特藝不精，不足登於書林耳。然則在昔流俗作書，猶有淵源，如今文人學士，不曉書道，繼習禹碑，亦復何裨。故余以為今欲學書，先受書法，次作臨摹，臨摹首求真跡，真跡難得，則今之照相本善影本其次也。然真跡之出鉤摹者，亦猶可觀，以其雖出鉤摹，猶循真跡筆法也，然亦惟唐人鉤摹者可觀耳。若鉤摹本之照相本影本，便存匡廓，無筆法可得矣。至於石刻本已不啻影本，苟非善刻，又非善拓，不如不習，不習猶保其璞，田地乾淨，下種便易，且得良好收獲也。

臨摹之道，則李日華《紫桃軒雜綴》云：「學書妙在神摹，神摹之法，將古人真跡置案間，起行繞案，反覆遠近不一觀之，必已得其揮運用意處，若旁立而視其下筆者。然後以銳師進之，即未授首，亦直迫城下矣。」此說可取。余小時讀書杭州宗文義塾，一夜有同學之年皆逾冠者，相聚鬥書，同作一「九」字，而余竟得最勝，以余嘗得遺篋中一《九成宮》照相本臨摹熟習也。後學一趙書某碑，亦臨摹能得其似，然彼時對本筆筆照摹，無異初學書時影寫朱字帖也。其後薄書不學，及復喜書，遂不事臨摹而愛觀名跡，然不知作書有筆法也。從余直觀覺如何是美者，便印入腦際，下筆時意想得之，亦復往來筆下。既明書道，則無閒暇可以從容臨摹，又即臨摹，不及半紙，即生厭倦，故仍循余故習。隨時熟觀，然偶一臨摹，雖不終紙，而神氣奕奕，點畫不必全似，而遠遠相對，居然便是某書，正與李言若合符契也。緣是之故，余書亦不入某家牢籠，出入自由，今雖無成，不敢自菲，假我以年，闊步晉唐，或有望耳。

又帖云：「書字須要骨格，肉須裹筋，筋須藏肉，帖乃秀潤，在布置穩，穩不俗，險不怪，老不枯，潤不肥。變態貴形不貴苦，苦生怒，怒生怪，貴形不貴作。作入畫，畫入俗，皆是病也。」余按：顏魯公肉勝亦惟《家廟碑》等，宋徽宗筋勝，雖各有其美，而不可復學。筋肉停勻，二王之後，墨跡可觀者，虞永興、褚河南可為準繩者也。米言布置，極須神會，並非如宋板書籍中字，以四平八穩為得布置之宜也。每一字中，分間布白，極意經營，正如繪事，丈山尺樹，寸馬分人，山腰雲塞，石壁泉填，樓台樹遮，道路人行，總使吾筆下後，悠然無間，人目所至，恰當其心，斯乃謂穩，亦不俗矣。筆雖若崩崖絕壑，而不使人凝目，則險而不怪也。米所謂「貴形不貴苦」者，形字亦須神會，乃謂自然成形，由筆法使然，蔡中郎所謂「奇怪生焉」者，非刻意為之也。刻意為之，斯謂之苦，苦自生怒，怒自生怪。

八十七、梁聞山評書

《念劬廬叢書》本梁聞山評書帖云：「子昂書俗，香光書弱，衡山書單。」此說深中余意。子昂書以《仇公墓志》為其作最，向沈尹默極舉之，亦臨摹一時，然尹默卒未入其樊籠。余乍見此碑，亦深喜之，然數觀以後，便覺伎倆有限，而氣韻甚俗。子昂頗學陸柬之，柬之學虞褚而自成面目，其書亦少有俗筆，然畢竟是唐初人物，師承又佳，故瑕瑜不相掩，亦復微瑕耳，子昂實不得其佳處。柬之書《文賦》跡尚在故宮，有影印本，雖不佳，尚略可規度其筆法，自是虞、褚真傳，子昂書除側媚以外無所有也，余以為鮮于伯機實過之，即張伯雨亦轉雅也。香光書若大家婢女，鬢影釵光亦是美人風度，然不堪與深閨少女並肩也。抑余以為香光不但弱，亦兼單，要是筋肉不勻，且雖老而實枯也。衡山書若稍厚，便及鮮于伯機矣。

帖又云：「《道因圭峰碑》如此結實，何嘗非唐碑中赫赫者，一較大歐，醜態百出，並無穩適處。」此論亦公。又云：「學書尚風韻，多宗智永、虞世南、褚遂良諸家，尚沉著，多宗歐陽詢、李邕、徐浩、顏真卿、柳公權、張從申、蘇靈芝諸家。」又云：「風姿宕往，每乏蒼勁；筆力蒼勁，輒少風姿。書趨沉著，忌似蘇靈芝輩肥軟。」余謂智永「真草千文」真跡今尚傳世，余見日本影印本，風韻自不待言，然與唐人書《月儀帖》一較，便見千文沉著矣。廟堂碑何嘗不沉著，河南之書，綿中有鐵，此三家者為風韻所掩，然不得謂之沉著也。歐陽書勁秀，凡秀者無不具有風韻。褚書《梁房公碑》何嘗不同此二美耶，蓋自開、天以後之書，始不甚能兩兼，然李、徐諸家亦非無風韻，惟魯公諸碑天骨開張，肉掩其骨，風韻稍損。徐季海《朱巨川告身》真跡今存故宮，一去圭角，故風韻亦若闃然。然風韻不必但取諸佳人名士，彼山林隱逸，廟堂華袞，只須不落俗字，亦各有其妙也。

八十八、姚仲虞論書法

震鈞撰《國朝書人輯略》卷十《姚配中傳》，載仲虞論書法者至三千餘言，其中據《說文》以詁陸希聲之撥鐙五字（擫、押、鉤、抵、格）林復夢之撥鐙四字（推、拖、拈、拽），實未盡善。以清代治經之法注重訓詁，然已不免有展轉引申、回護相証之嫌，施之此道，止見迂曲而已。然謂「此一執筆一用筆合之即孫過庭之轉使執用」。又謂「陸氏五字，蓋執管以大指擫其裡，中指鉤其表，食指押其上，名指抵其下，復以小指格之，林氏所云推拖者，方之用也。推之則毫開，因拖而翻轉之則方矣，此平頗出以按提也。所言拈曳者，圓之用也。蓋筆著紙，按之環轉如蹂物，拈而拽之，後轉而圓矣，此按提出以平頗也。但拖拽義無大別，而為法不同者，拖為翻轉，拽為絞轉，能執能用，則八法可得而悉，雖其變無方，要不外按、提、平頗、絞轉、翻轉之用交易其間。」余按：翻絞者，實一筆之中自起至訖，無不應然，特在中間，已掩於墨耳。絞轉視翻轉尤為難察，故自古亦無言之者，然如《金石峪》竟無一筆整齊，皆如拈絲。後人學之者，只是將筆在紙上左右作力，不使平直，不悟正由翻絞同時，而作者技術之異，故痕跡顯豁耳，然非懸肘腕，運五指，不能翻絞自如，運指亦自然絞也。

八十九、聽余叔岩歌

忽焉有感，腸迴意慘，悲從中來，書李後主詞以解之，而悲愈甚，乃與智影往開明聽余叔岩歌。叔岩不應歌者數年矣，今晚為救濟湖北水災而出，坐無虛席，其所演為《打棍出箱》，往年觀譚鑫培演此，出神入化，可謂觀止。叔岩雖不及，而閒談尚得鑫培之遺風餘韻，歌音頓挫處無俗響，馬連良直小巫耳。然《問樵》最佳，《鬧府》次之，至《打棍出箱》，實已強弩之末。蓋叔岩體弱，雖養息數歲，猶不能任也。數月前曾觀譚小培演《鬧府》至《出箱》，毫無父風，今觀叔岩演此，又如食橄欖，可數日味矣。然余忽起一念，謂智曰：「此時此中曾有人念念及國將亡耶？」於乎，余乃亦此中一人耶？

九十、陶方之悉民間疾苦

許季茀示其王外舅〈陶方之先生模行述〉。方之先生由翰林散館，得知縣，歷在西陲，遞升至兩廣總督，為清末循吏之冠。觀〈行述〉所載，先生少時，親市蔬菜，擔水河干，則其後之悉民間疾苦，而操持廉潔，有自來矣。

九十一、《蘭亭八柱》真偽

徐森玉、邵茗生約觀故宮所藏《蘭亭八柱》。余初望頗奢，得觀，則又廢然。蓋《八柱》中惟董香光、張得天及清高宗臨本是真，然皆卑卑豈足賞耶。赫然有名之虞永興、褚河南、柳誠懸、馮承素四本，皆 鼎也。虞本雖偽，而在此各本中為特佳，然實即張金界奴本也。董香光以其不盡似褚，定為虞書，既無根據，亦非精鑒。永興書如《汝南公主墓志》，雖係自運，與臨寫不同，然名家之書，自有面目，故歐、褚所臨，終有歐、褚筆法，以此與汝南墨跡一比便明矣。柳誠懸本，絹與絹色皆非唐物，蓋是宋或宋後之習顏、柳書者所為，且復不佳。馮本出於偽造，一望而知，即題跋亦多偽筆。獨褚本最怪，此本即鬱岡齋所刻「列蘇家」第二本，後有米海岳題〈永和九年暮春月〉一詩，及元祐戊辰海岳題記，亦有蘇耆天聖八年重裝題記，有范仲淹、王堯臣題記，然褚書不徒惡劣，且填改顯然，如「天、也、朗」三字，「也」字紙少損，托之裝裱時填改，尚可說也，若「朗」字則紙絕未損而填改甚明，然並非雙鉤後再填也。蘇、范、王三題及米戊辰題記亦均顯為臨摹。米題不獨神氣不貫，即筆亦絕與米書不合。獨米詩確為真跡，但此詩與前後隔紙，前後騎縫處圖章似皆後加，疑或以偽跡而冠於米詩之前，又補各記於後，此種伎倆故非無例可証也。若果如余所疑，則與余前謂黃晦聞所藏宋拓河南臨本為蘇家第二本者大有關系，余說似可或立矣。

今日乃故宮開審查會，余非會中人，然觀會中人審查亦殊草草，美人福開森及陳伏廬丈外，有唐立廣，余所識也，別有一位，未詢姓氏，然其人審書毫無識解，即伏丈、立廣於此亦實門外人也，郭式五則純以古董家方法作鑒別耳，福開森更非此道內行。余謂鑒別書畫，非真能書畫者不能任也。所謂真能書畫者，今既不多，真知書者尤少。惜此數公皆昧於此道，而又草草作斷耶。審查會畢，余與福開森先出，道中相談，福開森謂：「中國今有主張聯日、聯俄、聯美、聯英者，皆不對，因彼等肯與中國聯者，皆為其自己利益故也。」又謂：「各地須自治而統一於中央，中央不可太攬權，須容納各地之意見。」余因謂：「由下而統一於上者為真統一，由上而統一於下者為偽統一。」福開森曰：「然。」

九十二、李若農善相

侍叔通師丈坐，聞李若農先生文田軼事。先生廣東順德人，以殿試一甲第三名入翰林，終於侍郎。平生精治西北地理，又擅書，聞名藉甚，然多不知其復精姑布子卿之術也。聞其術受之清故相英和，英和不知受於何人。英和相人甚驗，有欲從受其術者皆不可。一日，途遇一計偕者，趣令從人詢得名姓，即遣人詣其寓召之，其人魏姓，聞命惶恐，商諸其侶，其侶曰：「若未犯法，得相召，必有大望，無恐也。」魏乃應召，英和詢魏知相法否？魏以略習為對。英和謂之曰：「汝無貴相，即赴禮部試亦無望，第姑應之，不得舉亦無怨，可來寓余家，當以相術傳汝。」魏果報罷，遂留都，寓英和所。英和命之竊相來客。一日，吾杭許滇生先生乃普謁英和，魏先從櫺際窺之，驚曰：「狀元宰相也。」及英和肅客，魏復相之，詳視天庭，乃曰：「鼎甲而不元，一品而不相。」

文恪果是榜眼而以吏部尚書終也。

若農先生雖亦出英和門，而受法於魏。先生嘗相其門人沈子培先生曾植、汪穰卿丈康年、汪伯棠丈大燮，謂子培當終三品，穰卿當以聊倒畢生，伯棠當至侍郎，悉如其言。然子培清亡後猶拜尚書之命，棠丈建國後官至國務總理，略當清之相職，而先生僅舉其清代所歷，又不知其故也，萍鄉文芸閣廷式以嘗授德宗之珍、瑾二妃讀，故當二妃有寵時，頗喧赫，附勢者輒諛之以當大貴。一日，先生見廣坐皆諛之不置，私謂所親曰：「大家皆亂說耳，芸閣官不過四品，且即當失勢。」已而亦如所言。泗州楊士驤起家翰林，嘗托沈子培請先生相，子培苦無間，一日，並會某家，正同席坐，子培以為得機，乃詢先生：「今日同席者相孰貴？」先生曰：「楊最貴，當至總督。」士驤竟卒於直隸總督，人果於相定其祿位耶？

九十三、陳止庵師遺事

叔通師丈先德止庵太世丈師為湖北隨州，廉愛著聞。時湖廣總督為張文襄之洞，下書捕盜，令甚嚴急，且命吏督察州縣，有無諱匿。至隨州者為候補直隸州張某，故河督張祥珂子，故人也。到州寓治所，一日，師正治訟，張在簽押房見一牘，正為盜案而未申報者，即電聞南皮，南皮復令會審，張商之師，欲先獨鞫，師持不可曰：「吾可會審而不發言，任君獨訊，但此案非匿報，正以未得証，不敢遽以盜定讞也，決不能以嚴刑逼供。」張不得已盡諾之，然竟不得盜証。張乃謂師：

「若此，吾無以復命，願有以為我地者。」師曰：「某為州長，不能誣良民為盜也，即君以實告，未必致降謫也。且此案有十三人，以十三人之性命為君地，余固不可，君亦安乎？」張猶期期，師曰：「若必然，某與君會審而別復耳。」時提刑使者為陳右銘先生寶箴，故不以南皮之舉為然，且知師廉愛，即手書與師，謂：「公據實申報，若有責吾當任之。」案遂定，適師以弟歿告終修養離州，繼之者即張，張頗欲翻前案，亦卒無可得。

止庵師以病將去房縣，有一訟案，久不得結，蓋有欲利之者，唆兩曹使相持也。師念去房後，或益深其累，乃遣使謂兩曹曰：「此案年月已久，若輩受累已深，若不及吾在結之，恐無日矣。」及兩曹至，師力疾，臥而治之，兩曹皆感泣相謂曰：「父母官如此待吾儕，吾儕尚忍相持耶？」即畫諾而退。師在房時，曾焚一木偶，以其為鄉人所信，因而賽會相爭，屢致命案也。及師以病去房，居省，房人來省視疾者不絕，率農樵也，憂形於色，有請師名刺者，詢之，則曰：「大老爺之病，或係焚神像所致，大老爺固不肯往謝神，吾輩持大老爺名刺往禱之耳。」時房人且將為神更造銅像，師乃諭之以理，且戒以不可更鑄像，房人亦諾之。

九十四、陳右銘能舉其職

陳右銘先生寶箴按察湖北，兼署布政使時，襄陽縣知縣員缺。先生謁總督，總督語以襄陽可畀朱某；謁巡撫，巡撫曰：「可畀張某。」先生歸署，則懸牌兩面，一署曰：奉督憲諭，襄陽縣知縣委朱某署理；一署曰：奉撫憲諭，襄陽縣知縣委張某署理。於是眾論大嘩。時總督張之洞、巡撫譚繼洵雖怨先生，而無可奈何。有勸先生者，先生曰：「委員吾責，督撫而干與之，是目中無布政司也。」堅不肯收回所懸牌。後由諸道再三調處，乃兩撤之，而由先生別委員署理襄陽，張、譚亦竟無奈何也。

九十五、鄉民之騙術

廿五年八月廿九日訪友，遇一賣乾菜者，涕泣不止，及余歸，猶見其踞地而號。異而詢之，則言途中腹痛，入一家求藥，置擔門外，出則銅圓三百枚失去矣。余憫之，傾懷所有，得銀幣四角，予之。此雖非濟人之道，特余非在位，力止如是而已。歸以其事語歸雲，歸雲曰：「此騙子也。」余斥其不當誣人。乃月餘又遇之，一如故態也，誰謂鄉人盡愚哉。

九十六、徐世昌不齒於翰林

得《越風》社書，囑為文於辛亥革命紀念特刊。《越風》有紀徐世昌事，大意在為徐粉飾標榜也。世昌為人，已有公論矣，其以翰林發往北洋大臣差遣，侍從以為奇恥，抵直隸，謁總督李鴻章，通者以世昌翰林須開暖閣門俗稱麒麟門者逆之否為問，合肥曰：「此差遣員也，令入官廳，與群僚齒。」詞林益以為辱。其平生所為，直一熱中之官僚耳。至或稱其不附和袁世凱稱帝及反對張勳復辟，要皆為己留地步，諛之則識時而已。北洋系之分裂，實世昌致之。直皖之戰，段祺瑞銜之切骨，芝泉執政時，余親聞芝泉言：「菊人安足語為人，若死，吾並輓聯不屑致也。」耄年猶嗜貨不止，擁財數百萬，而不恤其子婦。其得法蘭西博士之贈，乃以二萬銀圓買得黃郛所作《戰後之歐洲》（書名或誤）一書以為已有耳。名利既遂，乃欲以理學自文，提倡顏李之學，不知其讀「四存篇」自省何如耶？其膺選總統後，陳仲騫嘗戲語曰：「吾事事可比東海，只欠一手蘇字耳。」

九十七、許叔璣墓表

許心餘寄來其尊公叔璣先生墓表拓本，表為余作，亦為余書，文甚美，昔林琴南謂余文似惲子居，張孟劬、蔣宰棠則謂在堯峰、雪苑之間，然此皆見余壯歲所作耳。近二十年來竟少屬筆，各方請白，悉謝不為，惟《紀人慶傳》及此表余自欲為之者也，此文不自知其似何人，蓋以前作文，自有追摹某家之意，近惟自運匠心，不得依傍門戶矣。此書八尺大碑，目患近視，故不見佳，然亦得若干佳字。昔米元章書其《元日明窗》詩數紙，自記有數字佳，可知滿紙盡佳，古人亦難。然此刻工手甚劣，不獨盡失筆法，且將一字結構移動，往年余為吳縣甫里書《保勝寺古物館記》亦然，以此見古碑佳刻之可貴，唐太宗《溫泉銘》刻手真神工也。

九十八、王右軍《感懷帖》真跡

讀外祖父鄒蓉閣先生《問桃花館詩集》，有李子芬孝廉世賢出觀王羲之《感懷帖》草書真跡。此卷宋徽宗內府所藏，後歸東海徐元度，今藏利津紀氏詩，此卷今不知尚在人間否，輒為神往。然右軍書傳多為偽跡，此又不知何如也。先生詩集後更名《存悔齋集》。與外祖妣所著《竹斐夫人遺墨》，並見著錄於《杭州府志》。余父所藏有二本，其一清本，三十年前余寄存鄧秋枚、黃晦聞及余所創設之國學保存會圖書館，後聞秋枚以書售諸復旦大學。此書如何，余訪秋枚不得其所在，亦不知此書所歸矣。其一大氏為初清本，即此本也。先生官金山時，適當太平軍至，嘗奪得敵人赤幟為妾製裙，有歌紀之，艷稱於時。昔唐宋詩人多出於簿尉之間，固不以卑官損譽。清代晚季，可以貲得官，佐貳之職，文學之士所不屑為，如先生當廁諸常建、張羽之列，士論之所惜也。妣汪氏，名心宣，同縣人。汪故望族，簪纓相襲，閨門之內，翰墨如林，故妣亦擅詩詞也。妣先生卒，墓在吳江雪巷之陳家蕩，伯舅福昌祔焉。

九十九、紅芋詩人

余外祖鄒蓉閣先生號紅芋詩人，嘗與黃樹齋爵滋、戴醇士熙，結紅亭詩社。先生生於清仁宗嘉慶十一年，故往還如姚秋農、文田、張仲雅云璈、張仲甫應昌、林少穆則徐、屠琴塢、孔繡山、趙次閒、陳碩士、汪孟慈、羅蘿村、張仲遠、胡書農、楊利叔，皆一時名輩也。龔定盦子孝拱，亦先生友。

一〇〇、瓷器由來

朱志瀛來，問甆所由始。余按：《說文》云髹，桼也。」髹即油漆之油本字，亦即甆器釉澤之釉本字。《漢書‧趙皇后傳》：「殿上髤漆，」字省作髤。髹又即今言甆器之甆本字。甆字《說文》無之，字亦作瓷，始見於《西京雜記》引〈鄒陽賦〉，《雜記》或言葛洪所作，或言吳均所作，然所引賦不必亦為偽造也。呂忱《字林》亦署「瓷」字。忱，晉初人，然「瓷」字不必始於晉初也，則漢自已有甆，惟《御覽》引魏武《內誡令》：「孤有逆氣病，嘗儲水臥頭，以銅器盛臭惡，前以銀作小方器，人不解，謂孤喜銀物，合以木作。」是彼時尚未盛行瓷器，否則瓷不愈於銅木耶。「縹甆」之稱，見於晉賦，縹為青白色，正謂今之青白釉矣。今見漢陶器上有釉，則《說文》不署釉字者，髹即本字，不錄瓷字，髹亦即瓷字也。《周禮‧巾車》：「髤飾。」注：「故書髤為軟」杜子春曰：「軟讀為桼，垸之桼。」軟從次得聲，次桼音同清紐，故或謂桼為軟。《後漢書郡國志》：「蘭陵有次室亭。」《地道記》曰：「故魯次室邑。」《列女傳》有漆室之女，瓷從次得聲，則知古以瓦器上之釉，猶木器上之髹，故即以名髹瓦器上之澤者，而後乃造瓷字。

一〇一、杭州葬法

造墓各地不同，杭州之俗，下棺後以石灰黃土調以搗葉搗成之汁，名曰搗漿，舂之成粘質，而敷於棺之四周及上，名曰灰槨。惟棺底親土。灰槨堅如鐵石，斧斤不能損之。太杭諺有「銅牆鐵蓋豆腐底」之說，以棺底親土易朽，蓋取速朽之義，而不忍親骸為土中蟲獸所傷，故以灰槨衛之，故葬法莫善於杭州。然灰槨亦以工到為能如此，故必老於其事者監之。舂灰槨有組織，十人為一曹，二人為外作，外作任取土運灰等事，曹工惟任舂及舂畢運置墓穴中耳。大氐一棺用灰一千斤以上至二千斤，和土相等，或三之二。如用灰千斤以上，必須四曹舂一日，或兩曹舂兩日，若灰多更須增曹，然穴小正不須多。而承攬造墓者，杭州謂之墳親，墳親自以多為善，取利大也。灰槨舂法，先以土一提箕傾地上，加石灰一提箕，如此三番或四番，然後一曹中以八人任舂，二人更番休息。舂以二百四十下為一手，六手而成。一手畢小休，每手先百下，八人齊舂，而甚怠，其意在和灰土而已。其次百下，分三板，初三十下，次四十下，再次三十下。每板八人，分先後下杵，至將畢，亦八人齊舂，此三板較勁，每板將畢，十餘下最勁，皆鼓胸腹，舉杵至首上，臂成直線，然後下，每聞杵相擊聲，而此三板每下一杵，人即易位，成回旋形，往往足亦離地，用力甚者足離地至尺許，故至每板終時，無異跳舞，然其勁者，莫不流汗如雨也。末四十下則較初百下尤怠，蓋力盡而藉以休息矣。初末皆呼邪許，中百下則若歌唱，聲調抑揚清越，每曹以一人輪流報數，各曹中亦以一曹輪流報數，而一堆中邊，其舂亦有規定，不漫下杵也。如一曹之中皆屬老手，則步伐舉動，極為整齊，如各曹中有營葬者自行招致者，名為客曹，客曹舂地必居上位，有客曹則相競。客曹既為營葬者所自致者，必有以自異，亦彌致其力。而造墓者所招致者曰本曹，本曹不甘示弱，亦彌盡力，甚有相競不下而致疾者，不悔也，故營葬者利用此以求灰之固。然杭州灰槨之工，亦止龍井、翁家山為強，次為留下鎮，次為四鄉，四鄉之工實無足取也。今龍井、翁家山皆以屬市之風景區，不許營葬，此事亦將因社會之趨勢而消滅，余故為之記。

一〇二、林迪臣先生興學

四月廿四日，赴孤山林社，公祭林迪生先生。先生名啟，福建侯官人，以翰林出守。其知杭州府事時，創設新式教育機關三：一曰求是書院，似高等學校、中學校之混合學校，求是遞傳而為浙江大學堂、浙江高等學堂，國初乃廢。一為養正書塾，似中小學之混合學校，養正遞傳而為杭州府中學堂，浙江省立第一中學校。一為蠶學館，似職業專科學校，遞傳而為浙江省立蠶桑學校、浙江省立蠶絲學校。余為養正書塾學生，彼時每年三節，由一府兩縣輪流督試一次，試列高等者有膏火之獎，余兩受先生試，幸列高等，以昔習言之，先生為余受知師也，故余在杭而逢公祭，雖風雨必往與。養正書塾之初立，雖似中小學之混合學校，然後三年，設頭班、師範班。特班、頭班之程度，實與求是書院學生無別。彼時杭州有東城書院，月有試，與敷文、崇文、紫陽三書院同。東城山長由迪師聘林琴南任之，試法改新，求是、養正之學生固同與試也。養正之有師範班也，其制實為吾師瑞安陳介石先生創之，蓋師本在上海葉浩吾姻丈瀚所辦之教習速成學堂任教員，移教養正也。社中祔祀高嘯桐先生，嘯桐先生於迪師興學之計參畫主持之也。

一〇三、葉左文之孝友

得王子舫書，言葉左文相念，可感。左文名渭清，籍吾浙之蘭溪。父商於開化，遂家焉。左文母亡，母繼母如母，弟異母弟如弟，推產業盡與其弟，而自以筆耕養妻子。清末，舉浙江鄉試，時年未冠也。會科舉廢，以考職得鹽大使，發廣東，運使丁乃揚課吏，為第一，委署南雄場大使，優獎之，人所求之不得者也。左文就官未滿歲，即辭歸。事親讀書，篤信二程朱熹之學，精校勘，所讀書丹黃悉遍，殆傳沅叔章式之所不及也。嘗有志校訂《宋史》，以糊口四方，未遂其志。余初佐教部，欲任為京師圖書館長，不允就，乃聘為編輯。居館，公事竣即讀書，同事者驚為今之聖賢。余去部，左文亦旋去，蓋不欲久屈也。及余再至教部，復聘為編審員，左文強屈焉。旋又辭去，謂事簡不欲糜公祿也。後應北平圖書館之招，任校勘《唐六典》，其為言為訛不可勝正，而左文性謹嚴，從事二年，不能畢業，其書借自吳興嘉業堂劉氏，促歸，並托董授經康至館代之索。授經言侵左文，左文即辭去，館中數速之復起，不應也。余識左文於廣州，左文方以介執業吾師瑞安陳介石先生門下也。左文既棄官歸，余亦旋歸杭州，教於浙江兩級師範學校。邀左文至杭州，寓余家讀書，會兒子龍潛當就外傅，為延吾家一浮為啟蒙，而令受業於左文，欲其取則也。

一〇四、清季雜志

清季光緒二十年後，雜志漸興，梁任公所主持之《昌言報》，汪穰卿丈所主持之《時務報》，唐佛塵所主持之《湘學報》，童亦韓丈所主持之《經世報》，皆今日之雜志類也。稍後而發行於上海者，如蔣觀雲丈所主持之《選報》，余師陳介石先生所主持之《新世界學界》，羅叔言所主持之《農學報》，亦皆以報名。而馬一浮、謝无量所主持者獨曰《翻譯世界》，《選報》、《新世界學報》皆諸暨趙彝初祖德出資經營，彝初先治《選報》，招余佐觀雲先生編輯，而彝初喜多務，謀於余，欲更創一報，余因請以介師為之主，而余與湯爾和、杜傑風輔之。報初出，梁任公評為第二流，蓋以其所治之《新民叢報》為第一流也。然《新世界學報》風行一時，觀雲先生知《選報》之不足以競也，遂與彝初不合，而先去，故《選報》亦遂廢。清季南方之有白話文雜志，蓋始於吾師陳叔通先生等所治之《杭州白話報》，行於光緒二十六七年，其時杭州無排印書局，以木刻之，是報於提倡女子放足最力。

一〇五、鼓吹民族革命之《國粹學報》

余之主撰《新世界學報》也，鄰有順德鄧秋枚實所治之《政藝通報》，然初不相往還，及《學報》中廢，而秋枚時尚科舉之業，欲赴開封應順天鄉試以庚子義和團故，和議成後，猶不許於京師舉試，故權移開封，乃徵余為代，既而乃有《國粹學報》之組織。其始僅秋枚與余及黃晦聞節、陳佩忍去病數人任其事，實陰謀藉此以激動排滿革命之思潮，其後劉申叔、章太炎皆加入焉。而申叔不克符其初志，為端方所收，轉以諷刺革命黨焉。申叔之及端方門也，端方為舉盛宴，大集僚屬士紳，名流畢至，都百餘人，以此自伐，蓋申叔世傳經術而當其年少已負盛名也。人謂申叔蓋為其婦所脅，然袁世凱圖帝制自為，而申叔乃與籌安會發起人之列，當籌安會未發表前，申叔抵京，余往訪之，申叔語余曰：「今無紀元之號，於吾輩著書作文者甚為不便。」余不意申叔之加入籌安會也，雖怪其言，然答之曰：「是何害，未有紀元之前，古人亦嘗著書作文矣。且《漢書藝文志》有太古以來年紀也。」申叔瞠然。明日而籌安會發表矣，俄而洪憲紀元之令下矣，然則果為婦脅而然耶。

一〇六、清政軼聞

謁陳伏廬丈，觀其近得《歲寒高節》卷子，卷額「歲寒高節」四字，行草書，大八寸許，張懷仁書，未失明清間人體氣。此卷所繪為松、竹、梅，以壽節母者。竹為宋牧仲作，頗佳，題者數十家，大率鄉里之間者也。有顧貞觀、彭定求，皆江蘇常州人，可知所壽者亦是地人也。會高欣木及叔通師丈皆至，相與談及清季政治軼聞，伏丈謂：「奕劻載澤各以親貴擅寵，而相植黨競權，武昌起義，湖廣總督瑞澂逃入軍艦，以避革命軍，奕劻以瑞澂為載澤姊婿，得息，甚為快意，以為看載澤如何辦。及奕劻主召袁世凱，慮載澤為梗，鄭孝胥調停其間，則以由載澤奏保世凱，而奕劻奏保岑春煊為交換條件。春煊載澤黨也，於是以世凱總督兩廣，而春煊總督四川。春煊故由李蓮英進，及為郵傳部尚書，有人進言於春煊，謂今為大臣，宜絕閹人，植清譽。蓮英饋食，春煊竟謝之，蓮英以是銜春煊。及春煊受擠，改督兩廣，蓮英使人以康有為、梁啟超之照相與春煊照相合為一紙，以進於慈禧，春煊遂失寵而不自知也。其將赴廣督任時，迂道遊杭州，高嘯桐介余入其幕，春煊相儆，意甚摯。余告以不獨我不能入廣，望公亦不去，去則必有不測之禍，因告蓮英所以陷之者，春煊大驚，乃乞病居上海。至是，春煊已密通於革命軍，而世凱終亦叛清。」通師謂：「辛亥川事既急，總督趙爾豐以三急電請於樞廷，示剿撫，不報，爾豐乃電托葉葵初代探意旨。葵初方得信於載澤也，葵初將來電碎之，入諸字簏，曰：『管我何事。』竟不復爾豐也」。伏丈又謂：「遜位之詔，由袁世凱電囑張季直為之。」通師謂「卒由劉厚生當筆，而汪袞父增末語『豈不懿歟』四字」。

一〇七、楊昀谷論詩

檢廿四年八月廿五日天津《大公報》附刊楊昀谷之〈交遊〉一文。其舉昀谷說曰：「詩須句句以情事緯之，詩貴近思，又貴有遠神。詩不可落論宗，《書譜》有迅速、淹留二義，作詩亦然，氣行快矣，必用一句留之，相間成章，自然入格。唐賢高格，行氣不尚疏快，此乃正法眼藏也。行氣總以回合宛轉為要，恐其去而不留也。」昀谷名增犖，清翰林院編修，余與昀谷曩多往還，昀谷亦號雲谷，故昔為余題李雲谷殘硯拓本詩，有爭礅之戲。昀谷雖通朝籍，而未曾得志，一任龍濟光秘書，亦非其志，落拓故都，奉佛獨居，卒以窮死。其遺詩八卷，王揖唐為之刊行，余尚未見也。

一〇八、婢亦人子也

移居金姓之屋，金蓋所謂二房東也。其室懸一照相，冠清代二品冠，家有三婢，長者年約二十左右，余皆十四五歲，每晚當余室戶而臥。余夏率五時餘即起，乃起後竟不能赴盥室，以三婢席地橫陳，且憐其睡才四五時也。於乎，此亦人子也，以貧為親所賣，終身不復知其所生，自朝至夕，執事無間，一無求進知識之機會，年逾摽梅，婚姻不得自由，老大率為人妾，即幸得為嫡，亦仍歸於貧乏。其畢生之福，為其親得數十幣而盡喪。而主人於婢，以微資享其十餘二十年之勤勞，雖衣食之而所省於雇用佣者不止倍蓰也。及婢適人，猶復要其償還身值，若是者蓋十之八九也。其撻罰之加，飢餓之不顧，知識之不與，則以為當然。今國家有令禁畜婢，而畜者如故，易其名曰養女，使呼主人為父母，然其他皆無以異於婢也。此間主人於三婢，雖尚未聞捶楚聲，然席地蜷臥，覆之惡臬，何嘗以家人視之，高於豢犬豕者幾稀耳。昔余十二歲，從湯頤瑣丈至溫州，丈買一婢，才九歲，數月後，其父持新鞋來視其女，女聞聲奔而出門，號泣欲從以歸，父女相持，其狀至慘。丈家故有長婢，阻其久敘，令雛婢入而趣其父去。余時即悲憫萬狀，且怪長婢亦婢也，顧乃不相恤耶。蓋湯母無子女，視婢如所生，故婢亦親之而如所生，倉卒之間，忘其本然耳。

一〇九、命相術

在陳伏廬丈所，又聞李若農先生相術之神奇，丈謂得諸汪伯棠丈。汪丈若農先生門生也，謂「昔在京邸，一日，李公於某館為其同年友新簡雲南按察使者祖道，余受命代作主人。然客至，李公亦至，面色慘然，向客一揖而言曰：『今日適病，不能親陪，命汪某相代。』旋即歸去。暨筵散，余亟至其家，詢曰：『師何病？』公曰：『我無病，特不忍與之酬對耳。』余請其故，師曰：『余視其相，蒞任必不及待家人之至而死矣，吾言之不可，不言亦不可，故不忍耳。』已而某至任二十日而卒。」

伏丈又言夏穗卿尊人紫笙先生課命亦極神奇，嘗為汪伯棠、穰卿兩人占之，謂伯棠當官二品，穰卿瓠落終身，此與李若農先生相二汪事全同，然則命相固一與？棠丈於建國後曾居首揆，乃不在命相中，何也？伏丈昔語余，奉天有一命課者，人戲以溥儀八字與之，此人云：『奇極，此命貴不可言，然止四歲活耳，正亦相同。」然余知昔之相人者，率先詗得其情而後酬對。北平有釣金鰲者，以相起家，其先假東安市場一小屋，設座談相，初所相皆豪家僕從，既而達官貴人趨之如鶩，無不稱曰神相。其實江湖之士，術有所受，能於舉止間得其人之家世地位，嘗有見人入戶，而旁人為揭簾，其人側道而過，因決其為優而飾戴相冠者，探之果然也。既得其地位，則從而揣摩，乃立議論耳。然如李夏二先生實非其儔，且如紫笙先生乃以朱墨筆點易數而論斷也。

一一〇、朱有年說

開化朱有年言，其鄉汪氏為大族汪之先有慶百者，明代官至尚書，其外家某氏將葬其外祖母，有術者言甚驗。其子姓各私術者求助，蓋下棺時刻主後人吉凶也。及期，諸子皆臨窆，獨一女受術者教，不往，即慶百之母也。緣慶百之母，字而未歸，聞諸兄弟求術而意動，伺間跽術者前，求助己，術者無以應之。而女求之不已，且跽而不起，術者乃曰：「汝明日可不臨窆所，而與妝婿以其時交合，則驗於汝矣。」女之婿固亦助喪在女家，女遂私告之，及時竟苟合焉，果即成孕，迨婚後僅百日而生，故以慶百名也。噫，使此事不誣，豈非舊禮教中所謂喪情害理之甚者，尚可以訓乎。不謂高談道德之風俗中乃有此事也。

有年又言，其曾大父行中有名毓口者，開化近時生員皆出其門，其人太平天國時為掠去，令負輿，不任，令擔物，亦辭，以其為秀才也，乃任以筆札。一年元旦，軍首所居，盡以紅紙障壁，棟樑亦裹以紅紙，而無文字題飾，人以某可任文字，某即書其楣曰「一戎衣」，軍首大喜，遂重用之。左宗棠督師，駐開化，使以高祿招之，某岸詞不屈。及太平天國敗，某無歸而歸里，里人共護之，為道地，得不死，削其生員籍，後復易名而入學，屢就鄉試，皆以詩失拈敗。余按：此事疑非實，蓋宗棠招而不至猶可也，岸詞相抗，豈復見容耶？余友葉左文猶及見其人，異日當復証之左文。

一一一、〈送春詩〉

為龍環改〈送春詩〉云：「柳條不繫東風住，暗約明年依舊來。惟有群芳悲久別，各零紅淚付瀠洄。」蓋就原作潤色耳。然似看人送春，不是自己送春。又為佩瑛改云：「子規啼畢含愁去，朱紫紛紛泣下來。怪他楊柳無情思，枉有千條挽不回。」兩兒欲余擬作，余本不嫻詩，此題早有古人名作，實無可以再為，而兒苦促之，勉成二律云：

朱紫如圍正舉卮，東風偏倦欲興辭。
先幾自合功成退，任運還逢瓜及時。
密與燕鶯成信誓，早從桃李訂歸期。
賦余惆悵年年是，一半傷心一半癡。

四時代謝帝無私，春去偏同悵惜之。
水滿忽驚雙鬢換，花殘何惜百杯持。
千呼不轉嗔鶯拙，百繞還行怪柳遲。
姑向東風陳款曲，歸來千萬弗愆期。

自謂「先幾」一聯似無人道過。

一一二、治葬戒奢

陳孚尹來，言其尊人介石師墓被盜發露，聞之愴然。陳氏在瑞安有太丘之望，乃亦為盜瞰，蓋墓制小宏，亂世不能戢小人之心也。吾國墓制必須改革，南方風俗尤為莊嚴死者，宦族富家，一墓之費，竟逾中產，其甚者飾為台觀，崇階廣基，望之儼然，則累萬之資，投於虛牝。往者政府為孫中山先生飾終，禮重報功，造墓如陵，耗資二千萬以上，竊意先生有知，必不愉快於黃泉也。以此資為生產之業，其為先生造福者何窮。異日舉國無凍餒，飲水思源，更隆功德，倍致莊嚴，似不為晚。然如先生功業，尚足以膺此報，浸而譚組安亦國葬矣，甚至邵元沖亦得國葬之資十萬圓，是豈尚為民眾所輸汗血計之耶。夫以此十萬，悉用之葬則為奢，用而有餘不以內官則為貪，是則於死於生兩無足取，若逢巨變，骸骼暴露，子孫掩目，行路快心，亦何為耶。漆雕氏為移風易俗之儒，然草上之風必偃，是以有望於為政者。

一一三、林攻瀆

姜次烈托人致奠金法幣百元於其師林攻瀆損，不知所投，乃倩余轉交攻瀆表弟陳孚尹，余方知攻瀆死矣。攻瀆為吾師陳介石先生之甥，幼失怙恃，育於母之妹。攻瀆以教讀事蓄，祖母年百歲卒，子尚未成年也，攻瀆之學，受於介師及師之從子孟聰，學不醇而長於詩文，倚馬千言，八叉成誦，洵不虛也。其文暢達，位置當在魏叔子、邵青門間，時亦有汪容甫風格，詩則才華斐贍，深於表情。何次珊長北京大學，聘為教授，先後二十餘年，學生中喜新文學者排之，喜舊文學者擁之，其得於人亦有在講授之外者。蓋攻瀆有節概，猶是永嘉學派遺風也，既不肯屈己附人，而尤疾視權勢，其在講堂有劉四罵座之癖，時時薄胡適之，卒為適之所排而去。攻瀆頗自負，以不得志，遂縱於酒，而為酒傷。其為適之所擠而去也，余慮其或自傷，特訪其夫人而戒其謹護持，且稱師而規之，甚苦，然竟不能改。今聞仍以酒傷歿世，欲為詩挽之，才成二章云：

回首春風四十年，講筵誰得似彭宣。
可憐一世文章伯，中酒傷貧入九泉。

長堤柳色幾番青，消息沉沉倚驛亭。
歷數逢辰應有驗，秋風吹落少微星。

一一四、唐太宗書

熟玩唐太宗書《溫泉銘》，至於欲忘一切。太宗此書，隨意結構，拙媚相生，其落筆凡如飛隼，而紆迴轉折處，又未嘗不致意，似無筆法可尋，而實顯然有其途徑，如「玉液」之「液」，「銳思」之「銳」，「漢帝」之「漢」，「長齡」之「長」，「朕以」之「朕」，「積慮」之「慮」，「風疾」之「疾」，「砌環」之「砌」，「屢易」之「屢」，凡此諸字，仔細體驗，自無不了。而「疏簷」之「簷」，尤可玩索，即此一字足徵其純為中鋒。抑觀此書明是懸肘所作，故有行乎其所不得不行，止乎其所不得不止之妙，學書者必觀之。太宗收二王書幾盡，又遺詔以殉，殆欲使人不見高曾而自為始祖乎。

一一五、孫仲璵之學行

余昔從陳介石師知吾杭孫仲璵丈寶瑄而未之見也，今於陳伏丈案頭見其日記數冊，略讀數頁，更見其思想所趨，大概與介師及宋平子皆傾向於社會主義者，故三君子之交亦密。記中有斥章太炎著作流傳為造孽不淺者，蓋以太炎專事峻深種族觀念也。然丈記中又有一處，則雖斥太炎而謂此時若以此致流血赤族，吾亦不悔。可見丈雖主張泯滅種族觀念，而於清之殺戮革命者亦不之恕。於記中又見丈於新學說之書，殆無不窺，前輩好學，如丈與夏穗卿丈皆不可及。唯丈頗好神仙家言，記中屢及長春真人《西遊記》中說而稱道之，且謂女媧補天亦是此事，則又通學之弊。丈此日記涉時事學術者為多，可與越縵頡頏，叔通師丈頗有為之理董之志。余謂最好照原稿付印，不知世有此好事者否。丈為清故侍郎孫子授太世丈之次子，兄即幕韓丈寶琦。慕丈以官為業，連姻清室，而丈獨守儒素，雖歷仁宦，無貴介風也。

一一六、樊樊山辭祝壽

三十年三月十日某報載樊樊山增祥八十辭壽啟，言其父在日，每值揆辰，例不見客，垂為家戒。其父母六十生日，祝者不過數人，堂下並無聲樂，蓋樊山先德亦以生日為母難之日，故垂戒不得祝壽，異乎流俗矣。然父母年過六十，子女自當具慶，義有不同，唯當承父母之志，若父母不樂舉觴，亦當從命。余天之戮民，孤露餘生，有生之日，不得為慶祝之舉，早已戒余諸子矣。

一一七、闖三劫包

市物於霞飛路，遽有十餘歲小子，自余後劫余所持物而逸。余追之，則棄物而逃，物凡三包，先棄其一，再追，又棄其一，復追，則將紙包中斷而棄其半，蓋所謂闖三劫食也。（闖三或謂當作畢三，實有其人。余疑乃扁虱之傳誤。扁虱即臭蟲也。）聞其行劫也，必三人為群，互相策應，其劫物而被追，次第棄物者其術也。如是則必有入口者矣，故余拾物而其人亡矣。歸途至亞爾培路口，亦見一人追一小子，捉而毆之，余不覺失聲呼打，然即悔之，自咎曰：余亦欲以此加諸人耶？彼皆余之子弟，誰使至於是，余不能使無至是，又不能盡余持而與之，且追而獲其所劫則已矣，且此所被毆者，又明非彼劫余物者耶。以此知余近日修持之惰。

一一八、作書五養

凡書不獨須養神養力，亦須養筆養墨養硯，蓋意不靖則神不聚，書時自無照顧，所謂意在筆先者，即無從說起矣。力不養，則作數字後，便覺腰背不濟；力不足，即神不旺。硯與墨皆可別儲以待，唯筆不然，雖可別儲，而方及酣暢之際，遽苦膠滯不敏，若易以他筆，又如方得談友而忽來生客，必敘寒暄，神意全非。然墨亦有難言者，雖甲墨久磨易化，可易以乙，然必磨而待用，待久即宿，故墨磨就即用，則採色均潤而入筆不滯。

一一九、余之信仰

訪夏丏尊，余以丏尊桌上有佛經，壁上懸數珠，詢丏尊：「亦從事於此耶？」丏尊曰：「否。」繼而曰：「人無信仰亦不好。」余曰：「何故？」丏尊曰：「無可歸宿。」余曰：「我自有我，何患無歸宿？」然丏尊似不能諭此，故曰：「總是有個信仰的好。」蓋丏尊之意，亦傾向於宗教的信仰耳。朋輩中如許緘甫、錢均夫皆數珠一串，以此求了，何從得了；若不能了，何用於此。人生墜地，即入社會，唯有兩利，以了此生，至於得福得禍，各隨因緣。權在於己者，即看明環境，權量輕重，趨於合理，自然得福。若環境所迫，禍不可避，則安而受之，生死不計，如此，則隨時隨地皆吾歸宿。舍此別求，天堂樂境，果於何在，強求有附，正是將心來與汝安，亦何從安得，所謂「坐馳」也。余既於宇宙識其大者，宗教信念，腦際全無，但以任運而生，利他所以利我，利我必須利他，此外無求，所求者如何方得兩利，使豎盡未來，橫蓋大空，無不得所，今之膠膠擾擾，終有清清楚楚之一日，乃余所信仰者耳。

一二〇、乙卯詞

余二十歲前即學填詞，然無師承，亦未研究，姑妄為之，仍不講宮調也。四十後所為益少，今竟不敢下筆矣。往時曾以稿本就正於亡友劉子庚毓盤，吳瞿安梅，均有題詞，以示張孟劬爾田，亦為小令寵之，然故人皆假借之，望其有成而已。前年雖欲盡焚之，終以一時鱗爪，難以割愛，遂芟夷其甚不足存者，手錄一通，而三家題詞，竟爾失去。今乃檢得瞿安手跡，而瞿安物故矣，亟錄於此，其書云：

大著神似子瞻，小令亦具二主、二晏之長，間有獻疑，簽標眉軸，索西子之瑕垢，不自知其妄且愚也。繫以小詞，錄呈藻削。〈浣溪紗〉云：「身世滄波落照邊，青城別夢渺如煙（謂集中〈浣溪紗〉乙卯諸詞。無多青鬢況霜天）。子夜新聲憐宛轉，丁年舊事倍纏綿，不應憔悴柳屯田。

瞿安詞注中所謂〈浣溪紗〉乙卯諸詞，余已剪除之矣，今亦從字簏中檢錄於下，然不足存也。乙卯寒仲，國將改步，謝太學南歸，車次無憀，口占五解：

其一

銅笛聲聲斷禁煙，別情無語更淒然。不堪回首是離筵。

舊事漫勞飛燕說，來時春草碧於天，錦城爭唱樂堯年。①

自注：①余於癸丑二月入都，正召集國會時也。

其二

五色海旗飄古坊。①馬龍車水忒匆忙。為言軍國費平章。

遺恨那堪重記取，空聞揖讓說黃唐。議郎終是怕兒郎。②

自注：①參眾兩院均在象坊橋東。②選舉正式總統之日，兩院內外伏衷甲之士，議員欲離席者，皆為遮止，袁世凱迫兩院以己應選也。

其三

雉堞森森對故宮，新開雙闕度流虹。①大師兀自閱哀隆。②

簾影沉沉飛燕隔，微聞細語怨東風。淒涼煙月逗寒櫳③。

自注：①京師正陽門，毀其子城，葺其南樓，以為觀瞻。於此樓左右，各開一闕，以通車馬。②兩樓間飾以石獅子二，故清藩邸物也。③清室有移居西郊之說。

其四

綿蕞諸生功最高，①如何胙土后蕭曹。君王明聖重初交。

儀注春官新奏進，如聞舞蹈異前朝。九重傳語屬嬌嬈。②

自注：①謂籌安會諸人。②袁世凱明令廢閹人，用女官。

其五

讖語從來數盛周，分明天意那能留。①斜陽無語下西樓。

把酒高歌歌斷續，飄零身世感滄洲。年年春水只流愁。

自注：①先是有術者言，中華民國終於四年，袁世凱所授意。

一二一、儒佛修持異同

夏丏尊來，偕訪許緘甫，縱談至日仄，初聽緘甫與丏尊說佛法修養之要。緘甫於教宗詖悉，繼因丏尊言及藕益作《論語》解，至「顏淵問仁章」而擱筆，緘甫因言儒家亦重修持，孔子答顏淵問克己復禮之目而曰「非禮勿視，非禮勿聽，非禮勿言，非禮勿動」，明重在修持。吾輩不能「當下即任」，故不能成佛。余因問：「何故不能當下即任？」緘甫謂：「信不足也。」余謂：「由有身見故。」因為明「顏淵問仁」一章，緘甫、丏尊皆無可非。余因勸二君不必禮佛持珠，只須除去身見，克服我執，遇事當然，即起赴之，便是成佛。

一二二、順風耳

《隨園詩話》謂於提督楊愷壁上見掛一器，形如喇叭，長二丈許，糊以墨紗，乃軍中所用順風耳也，將軍與軍中密謀則用之，相離甚遠，其語只二人聞，他人不能聞也。按：杭州舊有賣搗鬼筒者，玩具也，以高寸圓徑二寸餘之竹管二，每管之一端糊以紙，以線穿兩筒之紙心，長二三尺，每人持一筒，一人以筒貼耳，一人以口就筒語，語小，旁人亦不能聞也，而彼人得聞之。此是聲學關係，不知自誰發明，順風耳之原理，亦同於此。順風耳之式甚似今之電話機上之聽筒，中國人何詎無發明，特無科學環境，乃僅上於斯耳。

一二三、馬先生湯

《隨園詩話》言：「蔣戟門觀察招飲，珍羞羅列，忽問余：『曾吃我手製豆腐乎？』曰：『未也。』公即著犢鼻褌親赴廚下，良久擎出，果一切盤餐皆廢。因求公賜烹飪法，公命向上三揖，如其言，始口授方。」按：蔣法如何，未知隨園食譜中亦著錄否。據言則蔣親下鹽豉矣。余亦喜製饌品，餘皆授歸雲以方，使如法治之，如蒸草魚、蒸白菜之類，余唯試味而已，獨三白湯必余手調，即諸選材，亦必與目。三白者菜、筍、豆腐也，然此湯在杭州治最便，因四時有筍也。豆腐則杭州之天竺豆腐，上海之無錫豆腐，皆中材，若北平豆腐，雖選其雋，亦不佳也。此湯製汁之物無慮二十，且可因時物增減，惟雪裏蕻為要品，若在北平，非向西單市場求上海來品不可也。然製成後，一切物味皆不可得，如太羹玄酒，故非誠知味者不知佳處，曾以汁貽陳君樸，君樸煮白菜豆腐食之，謂味極佳，而其家人不賞也，如就一二品增其濃味，便對一般人胃口，稱道不置，然非吾湯矣。往在北平，日歇中央公園之長美軒，以無美湯，試開若干材物，姑令如常烹調，而肆中競號為馬先生湯，十客九飲，其實絕非余手製之味也。

一二四、傳代歸閣

《芥隱筆記》、《輟耕錄》俱言今新婦至門，則傳席以入，弗令履地，唐人已然，白樂天〈春深取婦〉詩：「青衣捧氈褥，錦繡一條斜。」按：此二書，余三十年前即寓目，然竟不記有此語，今復讀之於《隨園詩話》。此俗余見之北平及杭州，杭州新婚儀節，新婦至婿家，彩轎直登禮堂，出輿即立紅氈褥上，候婿共禮神，及交拜禮畢，贊者唱「傳代歸閣」，則有應承者以貯米麻袋，從新婦足前鋪起，新婦履之以行。候新婦行過，則揭後者復鋪於前，遞番以至洞房而止。據故老言，所由不使新婦履地者，婦家不願以母家之土帶至夫家也。若然，則仍是掠奪婚姻之遺習，蓋示掠奪其子女而不得其土地之意。

一二五、途中人語（一）

赴霞飛路有事，途中聞兩人相語，其一曰：「願意死老婆，不可死大人，大人養我大來什麼用？」大人謂其母也。顧其人乃商賈之流，其言當使為子女者盡聞之。《傳》曰：「人盡夫也，父一而已。」余亦曰，人盡妻也，父母一而已。

一二六、途中人語（二）

門外有賣菜者相語，以捐稅之重，又加苛勒，甲曰：「此種人將來不得好死。」乙曰：「正是。」噫，輿人之誦也。昔孟子云：「關市譏而不征。」未若《莊子》云：「散群壞植也。」雖然，私有制度不廢，則無以語此。

一二七、王郎中

李孟符《春冰室野乘》有「記王煥」一則。按：煥字輔丞，吾浙紹興府山陰縣人，其季弟會澧清德宗光緒十四年浙江鄉試第一名，實余之啟蒙師也，余於建國前十六年，以吊丈之太夫人喪，謁丈於其山陰斗門私第，丈及師皆以丁憂南歸也。時丈家食桌皆覆以白布，蓋已仿遠西之俗矣。丈與大刀王五善，此余後聞之建新師者。

一二八、趙子昂書

趙子昂書學陸柬之，昔人謂其有得於陸也。然柬之書於唐初，實遠在歐陽、虞、褚之下，略與薛稷為伍，但王家骨血猶存。子昂書無一筆柬之玲瓏之氣，乃俗眼中好書，王家骨血洗伐殆盡，至董香光遂為場屋祖師矣。而近世猶盛稱趙、董，蓋九方相馬，必辨其骨，今之相人者方面大耳，必是台閣之容，世之品書者，亦猶今之相人耳。蓋點畫具而略有姿態，便是今之好書，固無怪非巨眼不能識於牝牡驪黃之外也。歐陽、虞、褚面目各異，然確是王家骨血，智永亦然，若能透數家，便能尋著正脈，然書豈限於王家門檻中，不過以之見高曾規矩耳。

一二九、湯定之節概

智影來，以師丈囑示七絕三章相付，調湯定之丈續弦作也。詞云：

其一

喜星偏照茗閒堂，遮卻雙於似玉郎。
繞膝兒孫齊拍手，爭看彩牒署鴛鴦。

其二

畫梅樓易畫眉樓，時樣偷從眼底收。
益信老夫真善相，女師好處是溫柔。

其三

明年報長紫蘭芽，哺乳宵深錯認郎。
稍礙衾裯甜入夢，曉妝催起弄咿啞。

茗閒堂、畫梅樓皆定丈自署居室之名，雙於道人則丈自號，丈多鬚也。丈善姑布子卿之術，自謂平生所長，相法第一，隸書次之，畫又次之，此則懷才挾藝之士，每每不肯自以其所長為長，如章太炎自謂其醫學乃第一也。丈嘗自謂相當飢而不死，往年，居窘，湯爾和任偽職，數以書招，促其北上，終謝不應，幾瀕於飢死。蓋丈自南來，仍以賣畫為生，而此間習尚，畫喜吳待秋，或撫吳倉碩、王一亭，如丈之宗其先德者，格不能行，故月入不足贍養，然近年生涯詖展，竟應其術。蓋丈近畫多屬松梅蔬果，世稍易知，至其山水不先作輪廓，信筆而成，轉得黃山、雁宕天勝之境，世不易知也，然則果有相耶？師丈嚴正，素不為綺語，此乃寫盡溫柔，道人得之，當有定情詩相賭耶。

一三〇、壽親不在文字

陳孚尹來，以許叔璣夫人今年整七十，其子心餘欲余文為壽，托孚尹言之。余至不喜為壽文，然以叔璣、心餘之交，勉諾為之，不過致勵心餘昆季而已。夫人子欲慰其親，至於文字，無非為文字之壽可千百年耳。故余母五十歲時，余亦乞江寧鄧熙之先生嘉組為文，先生嶰筠總督之孫，詩文皆有法度，品節甚著，故欲藉先生以傳余母。乃先生適病，其後先生擬就，無從致之余，托之吳北樓，而北樓與余不識，且亦不知余蹤跡，稽留將二十年，而先生早歸道山矣。及余佐教部在南京，北樓始以寄余，適余母整七十，乃裝潢先生手稿為一冊，頗珍視之，惜先生文集已先行世，未及登木，而頃遭兵亂，冊子寄存戚家，聞篋篋已發，物當不存，徒成悵恨，然余母六十、七十時，轉不求人為文以壽余母者，非無名公勝流之相識也，以余已謝不為人作壽序，亦不欲以此求人也。又以余母能自壽，若余復能壽余母，何須求人壽余母於區區文字間耶。況余幸能文，亦何必煩人耶。今余有〈先妣事略〉，苟得採入方志，余母便足千古，不然，亦與他人文集同供他年覆瓿，正不必也。

一三一、盤瓠氏之圖騰

《後漢書・南蠻傳》曰：

高辛氏有犬戎之寇，帝患其侵暴，而征伐不克，乃訪募天下，有能得犬戎之將吳將軍頭者，購黃金千鎰，邑萬戶，又妻以少女。時帝有畜狗，其毛五采，名曰盤瓠，下令之後，盤瓠便銜人頭造闕下，群臣怪而驗之，乃吳將軍首也。帝大喜，而計盤瓠不可妻之女，又無封爵之道，議欲有報，而未知所疑。女聞之，以為帝王下令，不可違信，因請行。帝不得已，乃以女配盤瓠。盤瓠得女，負而走入南山，止石室中，所處險絕，人跡不至，於是女解去衣裳，為僕豎之結，著獨力之衣。帝悲思之，遣使尋之，遇風雨震晦，使者不得進，經三年，生子一十二人，六男六女。盤瓠死，因自相夫妻，織績木皮，染以草實，好五色衣服，製裁皆有尾形，今長沙武陵蠻是也。

余謂所謂犬者，非走獸之犬，蓋以犬為其圖騰者也，為高辛之奴隸，故有尾，唯奴也故不可配以女，封以爵，後世相傳乃以為犬者。古代記事之詞質，故鐘虡之飾若鳥獸蹌蹌，則曰「百獸率舞」；使以諸獸為圖騰之族作戰，則曰「教熊羆貔貅貙虎以與炎帝戰於阪爾之野」；舜明於事，則曰「重瞳子」；文王有德於人，則曰「四乳」。然則以犬為圖騰者不具其姓名，即以犬名之，後人不知其故，遂以為真是走獸之犬矣。

一三二、彭李出家因緣

夏丏尊出示弘一法師十六年與蔡孑民丈及余及朱少卿、宣中華書，以聞孑丈在青年會演說，斥僧侶故，弘一謂僧有四類：一利他者，一自度者，一治經懺者，一無所為者，不可一概斥也。若須淘汰，當有所採擇，宜設一委員會主之；因舉僧侶二人同董其事，二人者曰某某、曰太虛也。此書及余者，以余時亦備位浙江省政府也，然余時實未見此書，不知何故。丏尊又示余吾宗一浮〈與彭遜之書〉，為遜之著《周易明義》成而無力刊行，一浮願為印布也。書長千餘言，詞旨斐然，一浮善於書札，有六朝人氣息，而其書法效「褚聖教」，故有兼美也。蓋遜之既披剃，故餘物遂為丏尊所收，丏尊因為言遜之所以出家之故，且謂弘一之出家，實由感於遜之也。余甚異之，遂質其詳。

丏尊謂遜之既居窘，一浮為言之浙江水利局局長林同莊，用為職員，而無所使之，資其食宿而已。一日，同莊蒞局，而天寒甚，遜之袍單體顫，同莊言，當為製一裘服，然亦遂忘之矣，天寒未殺。一日，日高矣，而遜之猶擁被不起，聞茶役相謂曰：「那裡去揩油，弄一件皮袍子穿穿。」揩油者，俗譏不出錢而得者也。遜之以為同莊既不贈裘，復令人相調，遽起，奔錢塘江自投。被救，問知姓名，復詢有何親友於此，則曰：「我在杭州只有一友馬一浮耳。」警察官吏有知馬一浮者，遂召一浮往，一浮則為易服而邀之還局，不可；赴己寓，又不可。會弘一因愛大慈山定慧寺之勝寓寺中，乃偕赴定慧寺假房，而遜之遂歸依慈氏焉。弘一既觀孫之披剃，大有感動，亦遂為僧，余聞而亦有感焉。一浮之識遜之由余，而遜之之為僧由一浮，叔同之出家又由遜之，世間因緣複雜變換如此，社會情狀之所以繁也。

一三三、避煞

舊俗，人死，須延陰陽推定凶煞，殮時豫戒生人趨避，然僅屬戚友耳，親丁不避也，則其理已不可通。自海通以來，歸依天主基督者眾，固不信此。如信陰陽，不知有幾許避煞而亦死者矣，固不然也。是知此乃一方之俗，術士之所為。余母大行，一切涉於迷信者，概付闕如，余婦雖甚迷信，亦莫如何也，然其於陰陽推煞，則堅持不能不用，意在為兒女也，余終如其意，然余意不為兒女也，余以俗尚未改，戚友多信此者。余母輩分既長，戚友卑小，依俗以送殮為敬死安生，若不示以所避，使人徬徨也。然避者甚少，蓋余友好及弟子輩固不信此者多也。往年，譚仲逵之母喪於上海，余赴視殮，余即當避，然不避也。汪叔明師之喪，戚友視殮者不及十人，乃當避者居其八九，余亦與焉，於是最後之別，獨余及某君而已。余謂視殮實為與死者作最後之別，往者不當避，此亦厚俗之道也。余既重犯凶煞，然亦無恙，亦可知其不足信矣。

《石屋續瀋》

馬敘倫

一、胡雪巖之好色

胡雪巖既致富，蓄妾三十人，衣以錦繡，而色皆殊。常分兩隊，與其婦各率其一，仿象棋指揮作戰以為樂。雪巖設慶餘堂藥店於大井巷，修製鹿茸、龜膠及諸滋補之品，日食皆珍物也，以是體充健，白日行房事焉。雪巖之致富也，以太平天國得勢江南，王有齡、左宗棠先後撫浙，皆依其辦軍需，其所置銀號曰阜康者，馳名國中。阜康一紙書，可以立措巨款金資也。以是雪巖亦不寧厥居，而所至有外室。有某告余曰：雪巖一日渡錢塘江至蕭山，於橋中見一女，有色，即為其所從客稱之，客其銀號伙也。雪巖歸過其地，則已於女家為其置行館，女出拜稱主人矣，雪巖大喜，蓋伙知其意，為貨女母成之，雪巖數宿而歸，留銀五百兩。後月復資之，每過江安焉。

二、張之洞

清代官場禮儀，皆有定制，著於《會典》。司道謁督撫，督撫不迎，而司道退，必送之儀門。蓋故事於二堂治事，距儀門數十步耳。後多別設簽押房治事，而延客或在花廳，則距儀門遠矣（儀門在大堂暖閣後），以是督撫送客僅及廳門而止。張香濤太年丈之洞，南皮大家也。兄之萬狀元及第，官至尚書；濤丈亦一甲第三人，一門鼎貴。及總督湖廣，垂二十年，恃資望驕蹇，惟禮名士，視僚屬蔑如也。布政使某者（忘其姓名）負時譽，濤丈亦不加禮，某不平。一日，白事已，告退，濤丈才送之廳門，蓋習以為常矣。某忽曰：「請大帥多行幾步，本司尚欲有白。」濤丈不意有他也，從之，而某殊無所白。行及儀門矣，濤丈乃曰：「貴司果有何話？」某乃反身長揖，曰：「實無話，儀制督撫送司道當至此耳，大帥請便。」濤丈為之氣結，然不能斥也。

濤丈起臥不定，或數夕不寐，或一睡數日。其睡不擇時地，往往即於座上合目，侍人急以身支之，更番至其覺而罷。一日有急事當入奏，其性本急，立命起草，親有更定，即飭繕發。故事：發摺（奏書通稱奏摺）當備香案，行大禮，鳴炮以送，吏役悉以具矣，而丈已合目，如是伺之者三日始覺，則咎侍者，然已無及矣。

三、清帝惡洋鬼子

吾鄉孫子授太世丈貽經，清同、光間，仕至侍郎。嘗充毓慶宮教讀，謂同僚中有佩計時器者，一日為穆宗所見，詢為何物，丈具以對，穆宗遽取而毀之，作色曰：「沒有這東西，便不知時候？」又時為歐洲人小偶像，成輩列之，以刀以次斲去其首，曰：「殺盡洋鬼子。」按：清室祖宗頗崇歐洲技巧，故宮尚存奇異巨鐘，皆乾隆以前歐洲各國所進也。穆宗不應未見，蓋以文宗為英法聯軍所迫，出狩而死於熱河，以此致恨耳。後一事據吳永《庚子記變》（書名或誤，記不真矣）謂是德宗事，然余聞之余母，余母則述先世所聞也。

四、清帝惡疾

清帝死於痘者二：世祖及穆宗也。然穆宗實以梅毒致崩，飾為出痘耳。

五、大成教魁

沈瓞民來，談及大成教，瓞民曰：「王錫朋與先君共事張勤果曜山東巡撫幕（按：曜，錢塘人，孫慕韓丈寶琦之婦翁也），其私行極好，官知縣亦極清廉。然其學則糅合三教，而實則歸於道，道又為漢魏以來之道教而非黃老也。門下無所不有，達官貴人至於販夫、走卒、男女老幼無不收錄。清末，大僚如毛慶蕃（按：曾官上海道護理陝西總督，又清學部尚書榮慶亦其門人），近時則倪嗣沖、王占元皆出其門。受業者先以占卜，卜皆應其人，是以共神之。既執贄則授以真言，甚秘。其弟子事之如嚴父，偶違師旨，則長跪謝罪。一日，慶蕃侍其遊杭州之西湖，偶失旨，即然。從者如雲，不敢避也。其教統則自伏羲炎黃以後，雖文王孔子不得與，直至周敦頤。得濂溪之傳者即周太谷也。太谷嘗在廬山設教，有人容貌衣履甚怪，來從受道，既而其人驟然不見，索之池畔，得贄帖，乃曰：『此龍王來受教也。』人共靈之，從之者遂眾。錫朋實得其傳焉，錫朋說《論語》『學而』一章，謂隱藏『麟、鳳、龜、龍』四字，其怪誕皆類此。居蘇州，裡中人莫非其徒。錫朋知余亦家蘇州，欲來會，余以父執也，先之；既而來報，弟子塞途，皆從於輿後。」瓞民又曰：「《老殘遊記》中之三教大會，即寫此事，蓋鐵雲亦此中人矣。」余按：《老殘遊記》中之山東巡撫，即張曜也。

六、圃耘先生之盛德

余家故業農，至曾祖父圃耘先生，始自紹興縣東勝武鄉懷錢二百文渡錢塘江抵杭州，時年十二，孑身無所依，遂投一製履師為弟子。及壯，自設小店於橫河橋（今名東街）。先生性嚴質，所製履工料皆不苟，其底使堅硬如板，以故步雲齋之鞋，名於省會，而得積資焉。然先生不自吝，人有稱貸，必滿其意。每當歲除，即以小紅紙封銀五分乃至數錢，於昏夜出巡僻陋，密聽貧困有嗟窮者，即乘隙投封而歸，歲有所費，不恤也。久之，人知為先生所濟，來謝，先生亦不受。及余祖父舉進士，官京曹，始以店授弟子陳元泰，而就祖父之養。先生不習宦禮，苦之，祖父之同年友來謁者，修後生禮呼年伯，先生長揖之曰「太年伯」，遂深居不易見客。

七、父子平等稱呼

建國前，自由平等之說，與西賈之舶俱至，少年聞之，競相傳話而主張焉。吾杭夏穗卿丈曾佑，以光緒十六年春試為進士魁，入翰林，其於書無不讀，重譯之籍亦容心者。其子元瑮自杭州求是書院轉入南洋公學，復遊學於德國，歸為北京大學教授，以善相對論名。其在公學也，作書與穗丈，徑稱穗卿仁兄大人，穗丈得之莞爾，即覆書元瑮，稱浮筠仁兄大人，浮筠，元瑮字也，穗丈不諱，笑語友好，皆服其豁達。同時，陳仲甫與其父書，亦然。仲甫，獨秀故字也。其父以道員候補於浙江，不修邊幅，仲甫習其風，風流自任。某年，邵裴子寓上海一逆廬，聞鄰舍嬉笑聲甚大，自窗窺之，則仲甫擁其妻妹，手觸其脅窩以為樂也。

八、張宗昌

張宗昌，少失父，母再嫁，以多力為小豿子。既洗手，猶為海參崴無賴魁：包娼、包煙、包賭，入戲園占位獨優。妓女至海參崴者，必先奉於宗昌。辛亥革命，陳英士任滬軍都督，宗昌緣李徵五入英士部下為團長。二次革命，英士失敗，宗昌亦北還，復度其流浪生涯，時已窘困，得俄人周濟之。後輾轉歸張作霖，以此起家，踞山東最久。宗昌雖當方面，無賴之習如故，見好色，必致之，妾至數十人。及敗，居北平，就其宅延少年教其妾讀，宗昌時時就聽之，其妾故多不識字者，亦不習教規，鶯嬉燕逐而已。

宗昌既富貴，物色嫁母，得之，事之致孝，母所嫁侯姓者迎與俱來，館之客舍。及除夕，作家人宴敘，而其母獨不樂，宗昌覺之，遽呼：「請侯先生來。」侯至，與坐，其母乃進觴。湯爾和云。

九、中美同俗

廿四年十一月十七北平《晨報》刊有《僑居雜記》，其記北美新墨西哥省伽落普車站之南四十里祖尼之母系社會，婚姻制度，男嫁於女，若得女之許諾，則女以手磨之玉米麵送於姑，姑報以玉米，翁則以潔白之鹿皮相贈。夫原始社會，本皆母系為先，故有「上古知母而不知父」之說。惟此方以鹿皮相贈，似與許慎《說文》所謂禮麗皮納聘者同（麓為鹿之轉注字），豈風習相同耶？昔年有在北美地中發見中國象形文字者，似亦在墨西哥也。因以為中國人實先有其地，然則此乃中國遺俗耶？貴筑姚大榮，余嘗與同宴席，其人老矣，所著書數十冊，余假而觀之，蓋本鄒衍「大瀛海」之說，尤極其恢廓，博徵中外異聞，不知已收此否？憶不真矣。

十、湯爾和晚節不終

湯爾和初名調鼎，姓名與明末一民族烈士同（見《汪有典外史》），後以字行，故為武進沙氏子，承其姑夫為嗣，姑夫錢塘人，爾和遂籍錢塘。其少長在江北，習武藝，能劍擊，又能醫，復善管樂，弱冠已為童子師。詩學選體，古文詞慕馬班。年二十七，省墓杭州，其表弟魏易（與林琴南譯小說有名）時教英國文於養正書塾，塾為浙始創新教育機關之一也。魏易勸之入塾，學即為諸生冠，尤為總教習陳黻宸所激賞，爾和亦接受其革命思想焉。未畢業，遊日本，就學於成城學校。清光緒末，俄來侵奉天，留日學生組織義勇隊，推爾和及鈕永建先生歸國，謁北洋大臣袁世凱請纓。時世凱於督撫中負盛名，魏易之叔父方從事世凱幕府，欲因以說世凱。然清廷視留學生，固皆革命黨也，已有令督撫防之，魏易之叔父亟揮之去，遂南歸，為教員於浙江高等學堂。各省初設督練公所，溫州人陳蔚亦出陳先生門，總辦江蘇督練公所，招爾和任科長，科長秩比知府，爾和不樂久其職，復遊日本，習醫於金澤醫學專門學校。畢業，還浙，就浙江高等學堂教務長。

辛亥秋，浙江光復，都督湯壽潛使代表至湖北，謁鄂軍都督黎元洪。時孫中山先生自英歸國，各省軍政府代表因商組織中央政府，遂會議於江寧，選孫先生為臨時大總統，元洪副之，爾和實為議長，致證書焉。歸浙，任政治部民政司簽事，范源廉長教育部，召為國立北京醫學專門學校校長。「五．四」運動時，余任北京小學以上各校教職員會聯合會主席，而爾和在國立八校校長中實執牛耳，得相配合，以與政府周旋。十一年，佐王寵惠為教育次長，寵惠旋受國務總理，爾和代之。羅文榦長財政，以奧國退款金佛郎案為吳景濂所陷，被拘於法院，寵惠不能救，而又不肯辭職，爾和爭之，寵惠乃從。時顧維鈞任外長，維鈞、文榦、爾和至相得。後因同受吳佩孚之招，又為張作霖客。乃維鈞組閣，爾和任財長，其後一度任內長。

爾和有治事才，見事敏捷，然不能無蔽。余嘗謂爾和一目能察輿薪，一目不見泰山，友人邵裴子然之，其所愛日本人也，亦以此持其家。爾和既歷仕途，樂而不倦，又交王克敏，浸喪其操。克敏少習膏粱，服食奢侈，又好聚骨董，爾和染焉，居處甚拓，出以汽車，食具魚翅，三五日宴客。其所蓄書畫，非余與裴子所為鑒定者，率贗鼎也。北平琉璃廠為古玩之藪，鋪人所喜而迎之者兩總長，即爾和與易寅村培基也。余初至寅村北平東城寓所，觀其所陳盡偽器也。及其為勞動大學校長，家江灣，則客次懸其鄉先輩彭玉麟所寫梅花屏幅亦非真跡，斯誠可異矣。「九．一八」以後，爾和家時有日人影佐、梅津、本壯者流之蹤跡，而爾和卒沾偽職以迄於死。其居偽職時，出入警蹕，所經通衢，行者止，以待其過。死後，二子即爭遺產而相惡焉，然聞其女阿燕者，嘗不直其行。余與爾和同學，又有金蘭之盟，晚歲竟異趣，以不能匡救為憾。

十一、蔣百里之自殺與被幽

蔣方震，字百里，浙江海寧人，蔣固海寧大家也。百里儀貌昳麗，姿地聰敏。清光緒戊戌，浙江始有新式教育機構，百里肄業於杭州求是書院，為監院陳仲恕丈所賞。未畢業，赴日本學陸軍，因娶日女為婦。辛亥，浙江光復。元年，其同學蔣尊簋任浙軍都督，以陳儀為軍政司長，百里為總參議輔之。二蔣，吾浙少年軍人之翹楚也。然尊簋旋去浙，百里亦行。仲恕丈任總統府秘書，薦百里於袁世凱，世凱賞之，使長保定軍官學校。吾友徐鷟忱朔，亦學於日本，治炮術，辛亥，隸徐紹楨部為標統，紹楨反正，鷟忱以所部與鐵良戰於金陵紫金山，僅以身免。百里因招使教於軍校。鷟忱語余：「軍校學生有謀反袁世凱者，百里大懼，一日，召學生致訓，學生多不為動，百里益懼，遂以所佩手槍自戕，不殊。」仲恕丈告余曰：「世凱於午夜得軍校電話報告百里自戕，立召陸軍總長段祺瑞，使偕總統府醫官即時赴保治其疾，且語以專車已備。」其寵遇如此，以百里忠於己也。然鷟忱頗薄百里，謂其性易變，不可恃。

百里擅戰術，雖不將兵，而同學弟子遍軍中，蔣介石、唐生智皆出其門。介石初不之重，生智以湖南反介石，百里實唆之，以是為介石所幽。百里故嘗遊德國，悉希特勒之所為，及被釋，遂以所謂政治警察之計劃獻於介石，乃得信。此余聞之百里之所親者。余與百里同事浙軍都督府，其從子復璁又及余門，然余與百里無往還。

十二、北平糞道水道之專利

在北京大學第一院三樓休息室中，俯見有出糞工人百餘，各持出糞之器，自東而西，蓋市政府欲於今日實行接收出糞事，由官辦理，而糞商反對，為此示威舉動，此百餘人皆向市政府請願者也。北平民家出糞清圂之事，有所謂糞商者包辦，各據若干衚衕為一道，不得相犯，住宅亦不得越本道而招他道糞商出其積糞，故本道之糞，實為本道糞商專有之權利。彼所盡之義務，則僱用工人為住宅出糞而不取工資，遇新年、端五、中秋三節日則索犒資，資須二份：一為商有，一為工有。糞商之於出糞者，一如普通僱工之例，予之食宿，工資至微也。糞商置糞窖中，半以土而乾之，然後以善價而賣諸鄉農。大抵春夏間值最高，故工之出糞勤。及農事既竣，需糞亦減，則出糞亦漸惰。

然北習無論男女，皆溲於廁，一宅之中廁或不止一，故惟夏令稍感出糞不勤，穢氣蒸發之苦，余時勤惰無傷也。近二十年，南人居此者，不習於登溷，則如南俗用空桶，出糞者因藉口非其宿業，別索工資。始，每桶月止須銀幣一角，近則自二三角至七八角，今竟有超過一元者。不遂其需，則不顧而去，如傾糞廁中，即並廁不復清。無可奈何，必償其願。如欲易人，則格於糞道，雖鳴諸官，不得直也。彼糞商者，多以積資至巨萬，聞東城一糞商，擁資至三十萬元矣。市政府欲革其弊，善政也，然聞有內幕，卒亦屈於糞商焉。北平無自來水裝備之區，皆由水工取於街井，挑送至宅。用水分甜苦，甜水價高。而水井亦為水商所專利之具，其水道之制與糞道同。居人頗苦之，南人尤甚。此種社會組織，亦即經濟組織之一，水糞商皆剝削階級也。

十三、俳優　戲劇　歌舞

《莊子》云：「獻笑不及俳。」（獻借為僖，字亦作嬉）《戰國策・齊策》：「和樂倡優侏儒之笑不乏。」《急就篇》：「倡優俳笑觀倚庭。」《左・襄廿八年傳正義》：「優者，戲名也；今之散樂戲，為可笑之語則令人之笑，則也。」《通典》：「散樂，非步伍之聲，俳優歌舞雜奏。」據此，可知俳優所為，以必致人笑為目的。此今日之丑角戲也。特今之丑角戲，僅科諢致人笑耳。其名俳優者《說文》：「俳音，步皆切。」以此知俳優實是排憂，本是戲名。以名其人，遂曰俳優。據唐人稱為散樂，亦正如今丑角戲不入大軸矣。今丑角戲無大樂，又《通典》所謂，非步伍之聲也。

古之所謂恢諧，亦曰滑稽，本屬俳優所為。《漢書・枚皐傳》：「皐不通經術，恢笑類俳倡。」可證。東方朔入《史記・滑稽傳》，滑稽即恢諧之借字，恢諧又即《莊子》之「齊諧」，齊、恢亦以聲類相同而借為俳，滑稽、恢諧則連綿為詞耳。傳載朔與舍人之相語，使舍人被笞而呼暑以樂武帝，是知東方朔亦武帝以俳優蓄之者耳。今有兩人對話，屈折不窮，而所言無義，特可以引人笑樂者。親戚家有吉慶之舉嘗致之，亦樂技之一，而實古之滑稽也。

今之滑稽戲，不事裝飾，亦無音樂，不知於古何如，然如優孟為孫叔敖衣冠以感悟楚王，《御覽》四百八十八引《語林》：「董昭為魏武帝重臣，後失勢，文明世，入為衛尉，昭乃加厚於侏儒，正朝大會，侏儒作董衛尉啼面，言太祖時事，舉坐大笑，明帝悵然不怡，月中為司徒。」可見古之俳優，不僅以語言致人笑樂，亦有裝飾矣。宋楊大年為文效李義山而過之，號「西崑體」，譏之者令俳優為義山衣百敝之衣以相戲，則宋世猶然，此則今故事戲之由來也。彼時專以諷刺取笑，如優孟所為，實具詩人諷刺之旨，詩所謂善戲謔兮，蓋其椎輪也。至如《語林》所記，出於董昭之指使，為己富貴之圖，其事可鄙。如以其本身言，亦對明帝為諷刺也。然據此則不獨取材故事，即當世人物亦可擷為資料。往年，上海為諷刺時事而盛行「活報」，頗與此符。

今之戲劇（指舊式者），可謂句括三類：如上所舉二類之外，其一則武劇也。余原戲劇之名，於古蓋曰僖劇。然元人所為名曰劇者，劇或以聲類之故借為曲，曲之為義，取其一唱而歎，是曲折之旨，而曲字本是器名，其正字當為區，曲即古之謳耳。如劇屬戲之形式言，則戲當為僖，劇當為劇。僖者，字或作嬉，卜辭中止作鼓，或作僖，其字從女從壴，為鼓之次初象形文，女為奴之初文。余以金器文中之婦即帚奴為例，則嬉即鼓奴。《說文》：「僖，樂也。」樂與鼓一字，則嬉以從壴得義，司鼓者為嬉耳。古代征戰，以鼓進，以金止。而舞之起原，實為表勝利凱旋之快樂，故其初文為武，武於文非「止戈為武」也，其象形文在卜辭中作一人持戈而揮之狀，明其始摹擬戰狀為武也（《唐書．四夷傳》言吐蕃舞事可證），仍助之鼓以為威。今大軸武戲，全為寫戰鬥之實狀可證。鼓為樂（禮樂之樂）長，而樂以樂人（樂者樂也），故後以戲為嬉而戲、嬉有樂義矣。劇者，致力之義，劬之轉注字也。《說文》豦字下云：「相鬥不解也。」然非豦字本義，正是劇字之義，然則嬉劇者，謂有音樂之舞，此初誼也。後隨文化之轉進，而戲劇之內容包含益富，遂如今日之戲劇矣。

十四、車夫之言

三十三年六月十日傍晚，挈龍佩散步通衢，遇一人力車夫，踞而數其所得之鈔，余因詢以日得幾何？曰：「最多不過三百元，尚非每日皆可拉也（上海人力車一輛，率二人分朝夕拉之，亦或分前後日拉之），少賺時，日止百餘元，而一飯即須百餘元，飯每碗五十元，兩碗下肚猶不覺也，增一蔬十元，實不足以飽腹，然腹不飽即無力。」又指其車輪上橡膠胎已壞者曰：「車租每日百元，胎壞車主不管換，修責要我擔任，每修要三十元。每日又要打氣，每日打氣一次要三元，打兩次要六元矣，與行主理論，不顧也。」又曰：「如每日要多賺？」即指其腿曰：「要靠此。」余又詢其家口幾何？曰：「三人。」余曰：「皆賺錢？」曰：「只二人賺錢，其一乃母親，不能算也。」余幾為之淚下。嗚呼！此真正之社會基本分子，其生活之狀如此！許緘夫亦謂嘗共一人力車夫語，車夫謂「現在車錢以十元起碼矣，但生意更壞，不坐車者多也」。噫！何以致然耶？誰之罪耶？

十五、國號不宜省稱

至中山公園觀侯子年畫，頗能融會中西，有數幅極佳，然余無力致之，亦復不欲致之，以其題款盡書民廿四年，似不可通也。余昔作書，有仍襲前人用干支紀年者，亦不可通。因如不冠以年月，則不知是何代何時之甲子，既書年月則此又為贅，且甲子初止紀日，不以紀年。前代於紀元下更書甲子亦自有義，蓋有一帝而紀元屢改者，增書甲子，乃便推算耳。今國家紀年，由元二以至無疆，自無此必要矣。故余近書每記若干年，因余為今之中華民國人，苟非為外國人書者，不妨省去國稱，中華無疆之久，則自元年後固無復也，後人不待考而明矣。至於典禮之詞，自當具書，余昔書或作建國某年，思之亦不甚安，不如直書中華民國為誠安，以此乃國名，具之不為俗，省之不為雅，簡稱中華尚可，但稱民國已不可。今僅曰民，直不可訓也。然以章太炎之通，猶時署民國焉。

十六、孫傳芳

侯邵伯絅先生於其家，見報載孫傳芳為施從濱之女劍翹所殺。馨遠實一世之雄，崛起群豪間，淹有五省，然終局乃與張宗昌同。其南昌之敗，由余說浙江省長夏超歸依國民政府，動其巢窟。浙江故有兵二師，然時皆不在省會，周鳳岐師且為馨遠征赴南昌前線。貢先（鳳歧字）故與定侯（超字）及張暄初（故浙江省長載揚字）、俞丹屏等為十兄弟，而貢先資望頗老，知定侯得國民革命軍第十八軍軍長兼理民政，忌之。即率所部不稟命馨遠而遽還浙。是時，馨遠勢甚盛。蔣介石自率中路與馨遠相抵於南昌，馨遠攻陷總司令部，介石幾不免。貢先既反兵，馨遠恐躡其後，遂退，以致於敗。故馨遠銜余甚，榜以購余。然余甚惜其才而不得善用之者。馨遠近已禮佛矣。異時，曾見靳翼卿（故國務總理雲鵬字）亦數珠一串不離手也。居樞要，握符節，可以自度度人，彼時不知實地修行，歸田以後，數珠在手，合掌百拜，豈能了得？況或不能掃除心地習種，方寸生劫，更持數珠致拜亦何用耶？然而豈獨馨遠、翼卿如此，戴傳賢固在位也。或謂季陶（傳賢字）最聰明，有所為而然。

十七、章太炎書札中稱謂

章太炎丈與人書札稱謂，其初與余者稱「長兄」、「道兄」，後遂免而止稱「彝初足下」矣（彝初余故字也）。其自署則為「炳麟頓首」或「章炳麟白」。茲讀《制言》第三十一期載有太炎與孫仲容丈書，立辭謹重，後署「末學」，蓋太炎師德清俞君，孫丈與俞君同輩行，而論年亦非十年以長之方也，故致敬如此。太炎別與孫丈一書，中挽孫丈致書劉申叔為講解爭端事，其於申叔可謂篤至，申叔晚行則背之矣，地下相見後無腆乎。

十八、紀年不宜用干支

錢玄同所為林景伊《中國聲韻學通論序》，末署「中華民國廿有六年為公元一千九百卅有七年，歲在丁丑，春，一月八日，吳興錢玄同餅齋氏序於北平孔德學校，時年五十有一」。玄同以提倡新文字、新文學得盛名，然此書實不倫不理，既書「中華民國廿有六年」，又書「為公元一千九百卅有七年」，猶為便後人之檢讀也。復書「歲在丁丑，春，一月八日」，則未安矣。蓋舉國曆而復係以「歲在丁丑」，而國曆之首月及二月初旬，實屬舊曆太歲之所在，若三月以後則歲星已移；

若謂丁丑實為廿六年之「歲在」，則書一月為不當，必如舊俗書正月而後合，以一月雖為國曆之首月，歲星猶在上年之星躔也。且國曆之首月，亦非當年之春，而實上年之冬，四時以寒燠節序為判也。或據《春秋》書「春王正月，周建子」，則所謂有春亦夏時之冬也，是一月即可為春。玄同之意固如是乎？然與今俗不合，今人言春，仍謂舊曆之正、二、三月也。余近於署歲月必曰「中華民國某年某月某日」，從國制也，或省署為某年月日，以今別無紀元之名，無嫌也。至乃餅齋則今所謂別號，下實不當連用氏字，以姓氏者，即今言姓名籍貫。氏即阜字，阜為山陲人居之地。上古洪水橫流，則居山上之平原，水退則居近水之阜，阜即阪也。故姓以紀族，氏以著地，後世多以氏為姓，而餅齋非姓非氏也。

十九、西方接引佛

印度古代宗教，派別即雜，佛興，乃超宗教意義而進入哲學領域，以其俗故，不能脫離宗教形式，故至今仍稱佛教。今言佛教有大、小二乘，中土所傳，皆大乘義。此由有部諸義，正如此土惠施、公孫龍之談，早被揚棄（觀《莊子．天下篇》可見）。而東晉玄學，已涉空境，故非大乘，無由接受耳。佛之言覺也，所覺者平等一味，然印度嚴峻階級，此理不可得現。於是懸想西方，乃有樂土；期諸彼覺，能相接引。至其懸想樂土，七寶莊嚴，亦由印產多寶，王侯盛飾，以是循思，當有此狀。而諸經為文，乃如實有，此由印度為文，每以想境，寫如實狀。亦猶此土書言鐘鼓虛飾，竟曰：「鳥獸蹌蹌」矣。古代東方文辭，蓋有此格，而愚者不悟，則謂實有西方樂土，且得彼佛來接於臨命終時矣，所謂癡人前說不得夢也。

二十、古代契牒文字

觀《流沙遺珍》（金祖同編）所載唐時官私契牒，可以證知彼時官牒實用通俗格式詞氣。今日視之，彼時俗契，亦成深奧之古文矣。余以金器刻詞，如淆氏盤文，即為當時語體。若集此類，以考歷代民俗文學，亦今日研究文學者之所當有事也。《文選》中有「彈文」一篇，中記獄詞，皆當時俗語。清代訟牒，則以讞詞另附牒後，然所記悉為俗語，即憑當時問答立詞也

二十一、抱告

《周禮・小司寇》：「命夫命婦不躬坐獄訟。」鄭玄注：「不身坐，必使其屬若子弟也。」按：清代薦紳之家有訴訟，先遣傭工投狀對詞，名曰「抱告」，即其遺法，然亦可見貴族階級處處佔便宜也。又《大司寇》云：「以兩造禁民訟，以兩劑禁民獄。」鄭注：「訟謂以貨財相告者，獄謂相告以罪名者。」則是今民事訴訟、刑事訴訟之別自古已然。

二十二、「底子是好的」

鬱平陳六笙璚，起家翰林，太平天國軍退出杭州後，即官杭州府知府，擢杭嘉湖分巡兵備道。時布政使為楊石泉昌濬（或為蔣益澧），以軍功致位，六笙輕之。一日，衙參，共在巡撫署官廳，六笙衣冠故敝，其靴有「履穿」之歎，石泉謂之曰：「六翁何不易以新者？」六笙蹺足示眾曰：「底子是好的。」石泉陰恨之，蓋譏其不從科第起也。及石泉擢任巡撫，以事奏彈，得報，降四級調用，遂為同知。同知者上可代知府，下可為知縣，俗稱「搖頭大老爺」。然六笙不久復知杭州府，又擢杭道，其後復被謫知杭州府，最久。余總角時，六笙尚官杭府也。晚年，又擢杭道，轉四川布政使，護理總督印信而終（四川或誤，總在西南邊省）。其在浙，始終折旋於杭州府道兩階，亦奇。六笙當官雖無大建樹，然杭人尚稱之。

二十三、官場陋習

清時，長官見僚屬，長官坐炕上，而僚屬坐兩旁椅上，然僚屬必面對長官，故率不能正坐，僅以臀之左或右一部著椅，一部則半懸於外，以其足著地支之，又必直其背為敬，故非久習，每每失儀。又屬官不得戴眼鏡，否則為不敬，故見面必摘去焉。以是患近視者，有不悉長官之容貌者矣。辛亥後不拘此，然十一年，湯爾和長教部，余次之，余既蒞部，爾和偕余謁總統黎黃陂，修到官初謁之禮。爾和未入室，即卸眼鏡，且急囑余亦卸之，余患近視，以為苦也。余不覺詫爾和甫作官而染習已若此，然部中無此禮，蓋總統府猶有清時餘習，想見袁世凱在位時，當必更有甚於此者。

清時用胡俗，相見一膝為禮，謂之打跧；實即周禮九拜中之奇拜也。僚屬以衙參謁長官，長官受拜不答，若平素則答拜，然僚屬必復拜謝之，其捷必使長官無復答拜之時間，故只見左右膝一時齊屈，而實有先後，一致敬，一致謝也。不相屬者，若鹽務官員在各省者，惟巡撫兼管鹽政及鹽運使為直屬長官，他即非直屬，相見以客禮矣，然卑秩亦往往越禮焉，為異日或轉為直屬長官也。

清時官場以敬茶為送客之表示，此習沿自宋代。蓋僚屬問事既畢，慮長官有指示，不敢遽退，而長官無復相語，則舉茶示客可退矣。既舉茶後，侍者即在室外高呼送客，客亦不能不退。此法初蓋為拒絕閒談妨事之法。

二十四、芸閣論清代書人風氣

《枝語》云：「姜堯章《續書譜》云：『真書以平正為善，此正俗之論，唐人之失也。唐人以書制取士，士大夫字畫書皆有科舉習氣，顏魯公作干祿字書是其證也。矧歐、虞、顏、柳前後相望，故唐人下筆，應規入矩，無復晉魏飄逸之風。』余謂本朝試事，鄉會試場外皆重書法，故士大夫作字亦合規矩者多，而生趣逸氣轉不及明人也。道光以來，益復挑剔偏傍，呵責筆誤，而唐宋以來相傳之書法益以盡失矣。」余按：自漢以來即重楷法，特魏晉以前，不以拘墟，且觀六朝朝廷官府尚用行楷，故各依性情，宣露厥美。唐初重楷法，以是歐陽、虞、褚楷皆上乘，此由右軍《樂毅》、《曹娥》之跡，《蘭亭》、《黃庭》之卷，見重太宗，遂為范則（《蘭亭》雖兼行而楷意多）。然規矩雖立而運用無方，故未嘗斤斤一軌，風神灑落飄蕭，仍有驥逸鸞翔、虎臥龍跳之致，力入紙而氣凌虛，所以迥絕於往代，高曾於來世。至顏、柳而雖力自奮迅，要為規矩所制，但非宋人死著紙上也可比耳（米元章不在此例）。明人純學面目，則優孟衣冠也。清代惟包慎伯、姚仲虞、何子貞、康長素可語書道。此外要不能盡脫科舉習氣，若劉石庵似能樹立，然腕不能離桌，其黃夫人遂能摹似之矣。

二十五、清宣宗嗜鴉片煙

清初場屋之書，以趙、董為範，文猶次矣。余觀內閣所庋是時試卷而知之。至宣宗以嗜鴉片膏倦於親政，杜受田教之「挑剔偏傍、呵責筆誤」以為明察，於是場屋書法亦益就庸俗。至清末又重歐體，而實乃墨豬盈紙，無率更峻秀之致，具宋板方罫之格，於是魏晉以來，簪花之美，掃地殆盡。

宣宗之嗜鴉片，自不見於《起居注》。《枝語》云：「鄂恒，道光間尤以衎直著稱，錫厚庵《退庵集》有《哭松亭》（鄂恒字）詩，略見其概。聞尚有疏，語涉宮闈，宜為宣廟所深嫉也。」一余謂所謂「語涉宮闈」者，蓋即諫嗜鴉片也。宣宗於清諸帝中有理學名，其貌亦恂恂如鄉先生，衣數浣之衣，知惜物力，然乃有此嗜，而鴉片之戰，即其在位時也。

二十六、文廷式論董書

文芸閣廷式，江西萍鄉人，從宦居廣東，師事陳澧，其學甚博，中外之籍無不覽也。以一甲第三名及第，授編修，官至侍讀學士。在戊戌政變時，以授珍、瑾二妃讀，陰襄新政，卒為慈禧太后所惡而去官。所著《純常子枝語》，實其讀書記也，積四十卷。汪精衛以聞胡展堂誦其〈蝶戀花〉詞有「一寸山河一寸傷心地」之句（《雲起軒詞》中已易為「寸寸關河，寸寸銷魂地」），感之，遂為刊成巨帙。此書中凡天文、地理、曆算、文字、經史、宗教、科學無所不謂，雖無條理，頗堪循誦。其讀書時有獨到之見，余摘之於余日記中，亦有箴砭焉。其第一卷中〈論董思伯書〉云：「董思伯書軟媚，正如古人所謂散花空中流徽自得者耳，不知何以主持本朝一代風氣。」又云：「董書通顏、趙之郵，惟失之太華美耳。卷折之風不變，固無有能出其上者。」又云：「朱子論書云：『本朝名勝相傳，亦不過以唐人為法。』蓋時代相近，則流傳多而臨習易，國朝之初，群習文董，亦其所也。」芸翁論董書正與余合，且以孔琳之相比，尤為善頌善禱。然董書實梏瘠，謂之軟媚尚可，華美猶過譽也。思伯書之骨子乃趙松雪，晚年乃略有顏意，但無其雄偉。

二十七、杭州閨秀詩

《枝語》云：

《蕙畝拾英集》，〈宋史．藝文志〉著錄，余從《永樂大典》中集得數條，大抵皆婦人詩也。具錄於後：

張熙妻王氏作〈西湖曲．菩薩蠻〉：「橫塘十頃琉璃碧，畫樓百步通南北。沙暖睡鴛鴦，春風花草香。閒來撥小艇，劃破樓台影。四面望青山，渾如蓬島間。」馬氏詞：余嘗聞馮上達教授云：曩在京見友人韓擇中親老貧甚，久不得志，其妻有詩寄云：「力戰文場不可遲，正當捧檄悅親闈。要看鵲噪凌晨樹，莫使人譏近夜歸。」蓋近時有〈聞登第曲〉云：「鵲噪凌晨樹，蹬開昨夜花。」而唐杜羔妻〈聞羔下第〉詩云：「良人的的是奇才，何事年年被放回。而今妾面羞郎面，君若來時近夜來。」故用此二事激之。韓得詩益勤窗幾，翌歲登科，馬氏復作五十六字寄之，有記領聯云：「果見金泥來報喜，料無紅紙去通名。」末句云：「歸遺直須青黛耳，書眉正欲倩卿卿。」唐人初登第，以泥金帖子報喜於家，裴思謙登第後，以紅箋名紙謁平康。歸遺乃東方朔事，書眉張敞事，卿卿王渾事，其該洽如此。〈白紙〉詩，士人郭暉因寄妻問，誤封一白紙去，細君得之，乃寄一絕云：「碧紗窗下啟緘封，片紙從頭徹尾空。應是仙郎懷別恨，懷人常在不言中。」蜀婦田氏嘗有詩云：「桂枝若許佳人折，須作人間女狀元。」嘗有黃公舉妻詩以其詞近褻，不錄，其書則佳。

余按：〈西湖曲〉是吾鄉掌故，馬氏詩又吾家實，至其「料無紅紙去通名」，雖用裴思謙事，然唐杜羔妻劉〈寄羔登第詩〉云：「良人得意正年少，今夜醉眠何處棲。」是馬實兼用其意。然亦兒女子應有之情耳。氏不知何代何處人。芸閣稱黃公舉妻書甚佳而以其詩近褻不錄，芸閣尚欲刪《風懷》二百韻以賺得兩廡肉耶？世傳芸閣既以一甲第三名及第，即所謂探花也。梁節庵之妻意探花郎必美男子，慕之投詩焉，芸閣遂與之私通，其實芸閣正是「不是君容生得好，老天何故亂加圈」之流也。不知此事是誣與否？若果然，則是裝點門面以自掩矣。

二十八、董皇后

《枝語》十一曰：「陳迦陵雜詩〈董承嬌女〉一首、屈翁山〈大都宮詞〉第三首皆與吳梅村〈清涼山贊佛〉詩相應。」又曰：「京師彰義門善果寺有一碑，康熙十一年立，益都馮溥撰文，內稱順治十七年世祖奉皇帝為董皇后設無遮大會，車駕凡五臨幸云。」又十一曰：「釋玉琳《語錄》云：『順治庚子，奉詔到京，聞森首座為上淨髮，即命眾集薪燒森，上聞遽許蓄髮，乃止。』」此芸閣亦信世傳清世祖因董小宛死而遂出家五台也。小宛為如皐冒辟疆妾，近人頗有辯其誣者，而冒鶴亭尤誾誾焉（如皐冒氏為元二八目之後，以蒙古人改中國姓為冒）。或謂迦陵、梅村既生其世，與辟疆為數百里間人，豈竟無聞而泛造歌詠耶？余謂清初入關，諸王頗納漢女，遂致附會，猶因皇族娶蒙古太后而有太宗后下嫁睿王之說，亦見張蒼水詩矣。諸家之詩蓋緣福臨特眷董后，致欲捨身，故發為聲詩。陳詩明云：「董承嬌女。」必非徒取董姓，況董后為董鄂氏耶？

二十九、崆峒教 在理教

《枝語》十一記崆峒教，即余前記之大成教也。其說云：「道光間，又有所謂崆峒教者，泰州周氏創之。周，彭澤人，或云：『池洲人。』其徒薛執中者遊京師，與王公大臣交，後伏法。張姓者居山東黃岩，為閻敬銘所殺。李姓者最老壽，遊江湖間，卒於光緒十年以後，徒眾殆三四千人，士大夫亦有歸之者，李之徒有蔣姓者，余曾見之，述其師宗旨云：『心息相依，轉識成智。』此僅用禪波羅密法門，其流派論說紛紜，余不欲贅論也。」余別有記，亦未為全豹。

《枝語》記黃壬谷《破邪詳辯》摘錄邪教有四十餘種。芸閣謂：「惟在理一門為近世所創，或謂與邪教異，然終日必默念觀世音菩薩。又聞別有所諷經卷，則亦非徒禁煙禁酒而已。在理之徒亦不下數百萬人。」余在上海時，見有在理教會堂而未入覽也。余子克強之友湖南曠運文為是教中人，不煙不酒，余無異也，詢之則殊無所語。又有法商水電公司工會理事李傳慶者，山東長水人，亦在是教，余識之而未有詢也。其表亦為勸善，內容殆非其中人不可知。

昔諸貞長宗元語余，從宦江西時，知一種宗教最奇：人死後復妝飾如生，婦女施朱粉焉，坐堂皇，眾朝拜之，無禮讖而但焚陰鏹，鏹積如山，焚之，光燭遠近也。

余謂此類教派大氐多托跡於道、佛兩家。吾國漢以來所謂道教，本是巫誣之餘裔，日出而爝火自息，惟自佛法東來，遂為所混，一《道藏經》，半皆依附佛典，然仍不足以動智者。惟佛法本有至理，實當自脫於宗教之林，顧名世之徒，仍必袈裟數珠佛鐙禪榻，所以度人自度者，不外經壇法寶。其身方受人供養，即有施捨，亦慷他人之慨。余以為過去無名菩薩，自不在論，若有名諸佛，盡搜典籍，亦屬寥落。苟使真信佛者，必訶僧打佛，收經論儕於凡籍，以事功庇之眾生，則佛法益宏而法益更大。不然，城社一虛，狐鼠安托。前路匪遙，豈能不慮？或謂學佛必由禪定，擾擾人寰，何由習靜？正果未得，何以濟人？及夫一經此道，無論依何法門，其歸一致，所以高僧有起，功德如斯而已。余謂眾生未渡，誓不成佛，不入地獄，誰入地獄？如了此義，則赴湯蹈火，豈有所辭？夫墨翟兼愛，則巨子至死，近代北方之儒顏玄，力詆宋儒，則身履畎畮，斯所謂干蠱者也。不然，上者錄入「然燈」，名懸宗鏡，而下者即諸教所依，敗家子弟，誰不謂其父祖當執其咎哉？

三十、八股文程式

八股文，余少時曾習之，然至起股而止，其程式則今猶能辨之。其本質實宋代之經義，其格調蓋受四六文之影響，而焦理堂（焦循字理堂——編者）則謂出於元曲，亦頗有因。其始僅須帖括經義，故亦稱帖括文。至明乃名為代聖立言，遂依題敷衍，始有限格，侵上犯下，規矩肅然。然上者猶能借吾之筆，作古人之口，暢所欲言，寄余懷抱；下者遂如學究，謹守繩墨，無復波瀾，清季墨卷盛行，皆此道也。至甲午前後，始自解放。如湯蟄先壽潛丈之中式文字，竟破程式，放言時事，海內誦之。余師陳介石先生黻宸亦老於此道，今得其光緒十九年。癸卯鄉試中式程文，題為「孔子曰：見善如不及，見不善如探湯，吾見人矣，我聞其語矣；隱居以求其志，行義以達耳道，吾聞其語矣，未見其人也。」師作云：

聖人為天下求人，因有聞見之慨焉。夫如不及如探湯則見，而求志未達則未見，夫子述古語而思其人，殆為天下慨乎？且天地有正氣焉，善人君子以生；天地有閒氣焉，帝臣王佐以生。無善人君子，誰與砥禮義廉恥之防？無帝臣王佐，誰與肩撥亂反正之任？之二者世道人心所繫也，而吾夫子若別有感焉。以為吾嘗博稽載籍，深求古人之行事，與夫故老之傳聞，凡入吾耳而歷歷在心者不知凡幾矣。始焉歎古人性情之正，繼焉歎古人氣量之宏也。事又轍環天下，周旋名公鄉間，與其賢士大夫遊，凡身與接而耿耿至今者，亦不知凡幾矣；始焉得所求而喜，繼焉得所求而懼也。且時至今日，其需人也亟矣，以吾望治之深心，欲見其人也久矣。乃吾綜計生平，有見其所聞者焉，有聞而未見者焉。語有曰：「見善如不及，見不善如探湯。」斯人也，上之可以進治，次亦不失為寡過。是吾道之干城也，庶幾見之，予日望之。語又有曰：「隱居以求其志，行義以達其道。」斯人也，潛則卷而懷之，見則舉而措之，是民物所托命也。跂余望之，何日見之。然而行芳志潔，秉道嫉邪，列國每多狷介，吾黨亦著風標，吾見焉，吾憶所聞焉，以是知直道之不沒於天壤也。至如胞與為量，天人為懷，居山林者未之講，在廊廟者處若忘，吾聞焉，吾未之見焉。於以歎民患之未有艾也。世之盛也，人心純樸，習俗敦龐，其乘時履位者，皆以挾正抑邪為心，明體達用為學，好惡審而刑賞平。故在朝之端，人有所倚而不懼；在野之真，士有所勸而彌修。雖一節一行之克敦，小足立名教之閑，大可為風俗之助。世之衰也，美惡混淆，是非倒置，其樂行優達者，非應其候則不生，非際其遇則不出，運會窮而人才絀。則孤高絕俗，且有獨立之嫌；嫉惡過嚴，不免清流之禍。縱利害身名所不計，而能爭於綱常之大，終莫挽時事之非。噫，大道之行，三代之英，某雖未逮，竊有志焉。不謂遲之又久，卒無所遇，在吾目中者，僅此落落古處，自念固可以少慰，其如天下何耶？

此除破題、承題、起講以下為起股，起股以下一段，余忘其名矣。以下六股，惟後兩股最大，或稱大股，沒為收語。自八股廢後，一切八股文集，並遭擯棄，余家所有，亦付焚如。然撰文學史者斷不能將佔有數百年勢力與國家民族之治亂盛衰有關者，缺而不著，余因錄以為資料。

三十一、張勳復辟

吳文祺送《沈寐叟藏書》抄稿本三十一種來，其日本人細信夫《復辟內情談》，為吳興劉氏嘉業堂抄本，譯自日本《亞細亞時論》十月號。首有記云：「細信夫氏，張勳之友也，復辟之際，親在北京，目睹當時情形，一一無遺。然復辟時種種事跡，傳於世者甚多，今特揭載該氏所談種種內情以及該氏意見，以為我國對華政策之參考。」末有「姚賦秋以日本《亞細亞時論報》一冊，摘此篇使垂繹之，海藏樓記」。則出鄭孝胥家，劉氏傳錄之，翰怡亦復辟時吶喊者也。據此談，則張勳雖有復辟之志，而七年之舉，非其本定，為部下所為。又據此則徐世昌實極端同意而特不欲其事成於張勳，陸宗輿為世昌銜命至日本即以此。又據此，則段祺瑞於復辟亦首施兩端，余昔固知其參加徐州會議也。又據此，則梁啟超參與所謂天津團，即曹汝霖、陸宗輿、張鎮芳、雷震春等集天津設臨時總參謀處，議推世昌為大元帥，使人邀張勳贊和且用張勳名義通電各省，電報稿由啟超草就，請張拍發，但為張所拒。惟任公似不致如此之愚，此當考耳。

三十二、男角女羈

《留青札記》云：「宋淳熙中，剃削童髮，必留大錢許於頂左右偏頂，或留之頂前，束以彩繒，宛若博焦之狀，曰勃角。」余謂此即《禮記》所謂男角也。杭州舊俗：生兒滿月，剃頭正如日（札）記之說，亦有留一大圈者，名為劉海圈。余謂此即《禮記》之女羈也。

三十三、福康安果誰子

清乾隆時傅恒子福康安尚公主，年三十餘，大拜，所嘗總督者十六省，封王，且遺詔配享太廟，蓋於古無有也。相傳其母以后妹入宮，被幸，福康安實高宗所生：吳綗齋士鑒〈清宮詞〉有「龍種無端降下方」，即指此。然滿洲舒氏《批隨園詩話》（此書冒鶴亭證為清閩浙總督伍拉納之子所為）云：「福康安為法和尚後身。法和尚者，乾隆初年惡僧也，以地窖藏妓女，交通貴家眷屬。為提督阿里袞奏請斬決，伏法之日，福康安之母，白晝見一和尚入內，遂生福康安。」然則或即法和尚所生耳。

三十四、周赤忱談辛亥浙江光復

陳仲恕丈七十二歲初度，余與錢均夫、周赤忱皆往壽，赤忱名承菼，海寧人，故求是書院學生，出丈門下。辛亥浙江省會光復之日，赤忱曾為都督一日。余因詢其何以此一日中都督三易，赤忱曰：「實一易耳。」因曰：「初，余任一標標統，家板兒巷，朱介人（瑞）代理二標標統，居福祿巷，相距頗近。一日，陳英士自上海來，在介人家食蟹，邀余往與。英士力主革命，余以與英士初面，而介人家屋窄，弁卒輿人皆伺於窗外，不得深言，持重而已。

及武昌事發，余方請假成婚，甫八日。聞訊，即電詢蕭統制，應否銷假，蕭趨余歸，遂謁巡撫增韞，報告銷假。余時例著軍服，且佩刀，增韞見余即戰慄，蓋以余予假未滿，懼有故也。余自與英士談後，即陰擇將校，特別訓練，有所鼓勵。至是，將校即欲響應，而以格於軍制，未敢徑言於余，乃由教官某以陳意，余因指示方略，以待機緣。及上海發難，褚慧僧（輔成）持上海同人意旨來，余即與王文叔、顧子才、徐允中定謀，攻巡撫署，執增韞。事定而突見有都督童伯吹之告示，部下嘩然，即扯去之。所由然者，以余非同盟會，而事起倉卒，眾意無准耳。此事實也，然亦不必論是非耳。」

三十五、孫渠田先生逸事

吾浙瑞安孫琴西先生衣言、渠田先生鏘唱昆季，皆起家翰林，致身卿貳。琴西先生以江寧布政使入為太僕寺卿以終，名雖右遷，實所謂暗降也。蓋由是時總督兩江者為沈寶楨，出渠田先生門下，慮有所不便，故言於中樞被內召。陳叔通師丈謂余曰：「渠田先生出常熟翁心存門，及渠田為會試同考官，得十翰林出其門，盛事也。嘗率以謁心存，心存出受拜，遍目十人者，乃拱手為渠田賀，曰：『此中有兩人勳位皆高，渠田不愁沒飯吃矣。』兩人者，李鴻章及寶楨也。心存且許鴻章勳位當出寶楨上，已而皆然。渠田先生被劾罷職後遨遊江介，時湖廣總督李瀚章，鴻章兄也，以其為弟之師，知其將至，使兵船迎之，而寶楨方督兩江，又以兵船迎而至江寧，歸又送之。渠田先生果藉兩人得無匱乏。」

三十六、錢江風月

抄本《宦遊日記》，為福建傅紹勛著，紹勛號蘭屏，清咸豐壬子科舉人，則為余祖同年友。以佐雜候補吾浙，捐升知縣，與浙之當道多世交姻聯，則其先世蓋亦官浙。此書署籍蘭溪，是隨宦久寓於蘭溪者也。記所閱書，知其非死墨卷下者，而記注自帝堯迄今歲（咸豐九年）共四千二百十六年，其後每改歲，皆於眉上書幾千幾百幾十幾年，似別有用意然，不能解也。此冊記自咸豐九年正月一日至十一年十一月初五日，末葉已殘。其時適當太平天國入浙，庚申、辛酉（咸豐十年、十一年）又為吾杭兩次城陷之時，記中雖無大事可擷，然此公以末職隨軍，故於時雜伍移動，圍防進退，皆以所聞見記之，足為吾浙掌故之助。於記中略見錢江花月之風，不遜秦淮。彼時官僚，皆為顧客，雖戎馬生涯，亦呼鶯捉蝶也。其辛酉四月初五日記中有注云：「舟為呆貨茭白，榜人名許和尚，初一弟兄，有妹三妹。」蓋錢江有所謂茭白船者，實風月艇。其始由明太祖以張士誠不服命，貶其民舟居，依水為生，後有九姓子孫（九姓余昔有記，今忘之矣），不能生活，則使女子以歌技娛人，繼乃鬻身。然至清末，已率岸居，其賣技在舟，而鬻身必登岸。光緒中，宗室竹坡寶廷督學赴上江，乘茭白船，即納其一女，時有「宗室八旗名士草，江山九姓美人麻」之譏，蓋操是舟者皆江山人，故俗亦稱江山船。而竹坡所納女面麻，故云。然竹坡所乘，實呆貨，蓋平常載客往來，不抱琵琶取纏頭者也。

三十七、汪康年

汪康年字穰卿，錢塘人，以進士補殿試，得內閣中書。汪氏與余家因有孔李之好，余於清光緒廿八年侍陳介石師及宋平子先生自杭州至上海，穰丈來報謁兩先生於逆旅，余曾一拜之，遂未復見。其遺書在故都讀之，都忘之矣。頃在上海攤頭復得一部，皆其主持《京報》、《中外日報》時文字也。丈在當時實一社會導師，其議論品評，今時或視為未足當意，發於彼時，固可謂言人之所不能言也。其遺著卷七以下皆雜說。有云：「前日《帝京日報》載德皇忽下令，令軍士以後皆飲華茶，勿得進咖啡。如此，則吾國之茶可擴一銷路矣。雖然，吾請國人思之，德之此舉，為吾國之茶謀銷路乎？抑欲使其兵士，成此嗜華茶之習慣，將來至中國，不復思飲咖啡乎？事雖小，用意乃極深也。吾聞人言，德兵之戍青島者，皆三月一代，受代後則令遊歷內地三月，始得回國，而至中國者，悉食中國食。故德國已有無數兵深悉中國情形，又習中國風俗，甚至起居飲食，皆可同於中國。試思此何為者歟？又聞日本在遼東之戍兵，退伍後即在當地營小生業，而新至之兵悉自國中攜兵械來，代還之兵，其械悉留於遼東，而沿安奉線高大之房屋甚多，大率即以貯此等兵械。於乎！此又何為者歟？」丈卒於清亡之年，未嘗睹及兩次大戰，然其因微知著，早悉德日謀我之深。德之於我，曩者曾見上海某報載一某國人之日記，於威廉二世之陰謀甚詳，蓋威廉二世之志固在囊括歐亞也。其於亞洲以黃禍為理由，實不過藉口於此，以號召歐美白種人耳。

記又云：「今已許外人入籍矣，且定章程、印券據，為永遠遵行之法。顧一方面則尚未許外人雜居也；然則偶有以內地為利者，群使入籍，而入我奧區，購我物業，奪我祕密，則如之何？」此亦知己知彼之談。各國國籍法甚嚴，自有至意。而弱國又定能遽許外人雜居，往時，日本闢租界於杭州城北之拱宸橋，商務極淡，然日人居之不去，足以知其故。汪精衛居偽職，與日本訂立協定，其中即有日人可以雜居內地之一款，達其目的矣。

記又曰：「今有一事，至要至切而又至易，非若定官制、立責任內閣、頒新刑律、開國會之煩難也，是何也？則凡新簡督撫及行政長官，不可使因簡放要任，而增巨大之債務也。蓋債務增，不特籌還有礙於事，且以負債之故，須分心於無益之地，而因債主之多，須位置其私人，則害於事大矣。此事惟政府能處分之，往者不可諫，來者其可追？」此說詖似無頭公案，丈立言無難測如此者，為公何不舉事為例？豈當時奕劻當國，以賄簡吏，如李孟符《春冰室野乘》所記魯伯陽等事乎？蔡乃煌之得蘇松太道，固尤皦然在人耳目也。

記又曰：「今者，忽有日本人所辦亞細亞協會，震爍於吾之耳目。其地則自日本及中國及暹羅、越、韓，分會約十餘處，云：『謀商業之發達。』西報乃謂實日本之參謀部主其事，籌開辦費五十萬，會中人咸陸軍中人。日本報雖辯之，或有謂見日本文原文者，此於吾國國勢關係至深，不知吾政府聞之，亦思所以對付之否？我國國民聞之，亦有所憬然於中否？」此其揭發日本對我陰謀也。然而是時滿清政府固瞢焉無知者，即當時人民亦未嘗深切注意也。使丈在日本，其大聲疾呼又當何如？

三十八、汪精衛〈與張靜江書〉

十五年三月廿五日，汪精衛〈與張靜江書〉云：

靜江先生道鑒：先生來而弟去，不得一見，至深悵然。二三月來，弟屢患眩暈，初以為過勞則然，漫不經意，至本月十七、八、九等日，眩暈至不可支，始延醫診視，至廿二日始察出病源。然弟雖臥病，何必屏人不見？此情不為他人言之，不能不為先生言之也。弟本期與介石共事，至最後一息，然歎二十日之事觀之，介石雖未至疑弟而已厭弟矣，疑不可共事，厭亦不可共事也。然弟不與介石共事，又將與何人共事乎？此弟所不為者也。故即使病癒，亦惟致力於學問，以所獲心得供國人及同志參考，不復欲與聞政治軍事矣。此信抵左右之日，即弟已離去廣州。乞先生轉告介石努力革命，勿以弟為念，此上。敬請大安。弟兆銘，十五年三月廿五日。

按：此書關係廿年來大局至深，汪蔣之隙末凶終，以致國被侵略後，精衛猶演江寧之一幕，為萬世所羞道，受歷史之譴責。在精衛能忍而不能忍，而介石不能不分其責，觀介石後來之於胡展堂、李任潮者，皆令人寒心。則精衛之鋌而走險，甘心下流，亦自不可謂非有以驅之者也。三十四年八月廿九日，余訪陳陶遺，談次，余告陶遺，精衛有此書，陶遺因言：「廿九年，精衛至上海，亟欲訪我，我因就之談，問精衛：『是否來唱雙簧？，精衛即泣下。我又問：『此彩作為，有把握否？』精衛亦不能肯定。」余聞任致遠云：「三十某年，精衛訪滿洲，期以兩國元首禮相見，日人謂溥儀云：『當以宋朝禮見。』精衛持不可，卒由日人為定禮，精衛入宮，互相握手。然及見，則溥儀上立，而贊者呼三鞠躬，精衛如贊，而溥儀不答，精衛禮畢，溥儀始與握手。精衛還寓，痛哭不已。及歸抵北平，寓居仁堂，獨與殷同密談，侍者竊聞兩人皆痛哭也。北平偽華北政府請精衛即居仁堂為群眾演說，精衛不發語，久之，始謂：『我在被清朝逮捕入獄後，有人問我中國何時能好？我謂在三十年後，我想今日在坐亦必如此問，我亦作如此答。』因帶泣而說，頻致憤言，又頻拍桌也。座中青年多以泣應之。尋而日本軍官十餘人佩刀而入，精衛演說如故，日人亦無以止之。」然則精衛天良尚未盡泯乎？亦何足以免其罪也。其至日本亦以朝禮見裕仁，且望見其宮闕，即於車中立而致敬。嘗語人以在車中俯仰不得為難受，是豈非甘為奴於日者乎？

三十九、習慣失辭

余同學友章厥生嶔，錢塘人，清故相章簡之後。清末，科舉垂廢，厥生乃得鄉舉，後為北京師範大學國文系主任最久，以病歸，憂鬱而死，以其子參加中國共產黨被拘囚也。厥生對客，無論客言如何，輒報以「是」、「是」，即客言甚謬者亦然。朋輩皆舉以為笑資，學生亦背議之。往時宦習，未僚對長官語，不敢有違詞，無不稱「是」以對。一長官令其屬某辦事，不稱意，厲聲責之，某連聲曰：「是、是。」，長官意以其當能有所自白，復與溫語，某亦惟曰：「是、是。」長官乃盛怒，竟斥為「王八蛋」，某亦稱「是、是」，長官不禁為之霽顏而笑。然厥生訥訥書生也，蓋習成而已。又北京政府時，有財政次長某者，對人語，輒曰「好、好」。一日，有科長向其請假，曰：「家母死了。」某曰「好、好」科長為之啼笑不得。

四十、馬將牌

余兒時見杭州賭具，止有紙及竹製之三十二張牌。此具始自何時及何用意，憶前於某書曾見有考記，似涉及星宿數理之術，惜不能具其說矣。及九、十歲時，父執蘇州俞先生贈余父馬將牌一副，於是祖母喜抹之，有戚屬來，並余父母湊成四人即合局，余旁觀焉，遂悉其術，然童子不得入局也。一日，余父以客至，祖母乃令余代之，余到手即和三番。而余迄今無此嗜，且惡其費時誤事，又牽連他人，意謂行政者必禁止焉。頃以宓逸群飯其師任心叔，徼余往配，歸後就寢，暑熱不能貼席，而鄰家正作此賭，牌聲滴篤，復有歌唱，益擾余睡，乃暗記云：「誰家滴篤斗牌聲，十二三抬笑語盈。百搭愈多和愈易，電風扇下忽天明。留聲機裡唱皮黃，一樣喧闐攪耳房。忽地飛機過一隊，知輸什伍到前方。」（時卅五年八月四日）

馬將起自寧波，聞包達三云，乃一張姓者所為，其用意不可知矣。此牌本止一百單八張，後增東、西、南、北（余最初所見似為公侯將相），又增龍、鳳或中、發，至所謂白板者，乃備損失之用，然今亦以湊入，而得碰者為一番矣。後又加花，花又可復至無數，近年並有財神爺、貓食老鼠等，可謂花樣雜出。而百搭出，則和益為易，蓋可以代對子、嵌當、弔頭、邊張也。今乃百搭亦加至四張，則幾乎可以倒地即和矣。其他種種花名，如門前清、門裡清、一條龍、喜相逢等等，余不能具舉，而皆可以增加番數，且其名日新月異。不意十三張牌竟能變化如此，當非作者始料所及，而賭品斯為下賤極矣。

四十一、鬚之故事

李任潮、陳真如、馬寅初、譚平山、王卻塵約飯於任潮家，使年六十以上者並坐，因各以鬚為譚資，然黃任之無鬚也。任之為言：其友某蓄鬚則復剃之，嘗詢其妻：「某有鬚與無鬚孰美？」其妻曰：「無鬚時覺其無鬚為美，有鬚時覺其有鬚為美。」余謂某之妻可以當外交主任矣。然使再問以復剃鬚如何？必曰：「剃鬚後仍覺無鬚為美矣」舉座為噱。余因憶筆記載宋蔡襄一日侍朝，襄有美髯，仁宗問襄：「卿鬚長若是，睡時安於衾外耶衾內耶？」襄謝不知。歸之夜，以仁宗旨，安鬚於衾內不能睡，又安於外亦不能睡，如是一夜為之不寧，此頗可與為類。翌日，又集任潮家，任之因與馬寅初並坐，而余又與寅初連席，任之嘲余二人云：「昔余原籍（川沙）有姓名為馬驫驫者，人不能呼其名。」余曰：「此人熟讀禮經者，蓋古投壺一馬從二馬，又慶多馬也。」座中亦大笑。

然舉座亦無能舉駋驫二字之音者，余知驫音如彪，而亦不識駋字。戲謂當讀如馮，俗呼姓馮者為馬二先生也。歸檢《玉篇》：「徒鹿切，音獨，馬走也。」

四十二、陶公櫃陶成章之死

陶公櫃者，吾浙陶七彪先生所手製也。先生名在寬，紹興人。光復會領袖成章之叔祖，以書法自雄，作八分頗醇雅，由諸生官至道員，清末歸田，寓於杭州忠清巷，一老嫗應門，不與宦場酬酢。余時教授浙江兩級師範學堂，居相近，時過先生談，因觀其手製陶公櫃，櫃方營造尺尺二三寸，以木為之，凡格屜若干，行旅所需筆、墨、紙、硯、杯、盤、碗、箸、茶具、燭台皆安置井井，其下一大屜則折一凳內之。蓋可以櫃為桌而支其凳，作書飲食皆可無所求矣。其妙則不用一釘而精巧可愛。其遊歐洲時，意大利王愛之，即以為贈。後又製一櫃，大略等，內牀於中，牀亦張弛巧妙，配櫃適如行腳僧之一擔，天才也。

辛亥冬，成章被刺，先生自滬取其柩歸杭州，適與余同寓清泰第二旅館，余以成章被刺事為問，先生涕曰：「煥卿（成章字）薄都督而不為也。」蓋是時，有陳英士與成章爭浙督之說也。成章之被刺於上海法租界之廣慈醫院，余時為《大共和報》主筆，由屈映光知之，映光初亦隸光復會也。即赴院視之，乃為捕房之偵者認為嫌疑人，雖示以名帖，猶被留五六小時，至午後四時，偕至捕房一詢而後得還。成章之死，章太炎謂蔣介石實刺之（見《論衡》或《國華雜誌》）。然余聞諸介石鄉人曾與介石共作北里遊之某，謂成章死之前夕，歡於福州路之四海昇平樓，介石來，持銀餅二百元，懷手槍一具，某即以指蘸茶書三點水旁於桌示介石，介石搖首，某又蘸水書耳旁，介石頷之。蓋水旁謂湯壽潛，時壽潛任浙督也。耳旁則成章也。次晨而成章以被暗殺告矣，然下手者王某也。

陳叔通師丈云：「清末，余在北京，陶煥卿忽來相訪，自言來京有所圖，詢以何為，曰：『有兩事：一為徐錫麟、龔寶銓等捐官，一為開一妓館。』蓋為革命計也。余告以捐官自可辦，妓館如何開得？吾輩楚楚者，一著手即為人偵知矣，煥卿因息此圖。」

四十三、夏震武

夏靈峰先生震武，字伯定，號滌庵，浙江富陽縣裡山人。以進士官工部主事，治理學，宗程朱，而實私淑晦庵。母歿，葬杭州西湖之靈峰，遂又號靈峰。先生廬墓三年，巡撫嘗使致勞，睹芒鞋竹簦者不知即先生也，不為禮，先生因亦不語以姓名。知仁和、錢塘兩縣事者，以時候起居，夏孝子之名，遂播於人口。服闋，赴曹，及甲午之役，劾李鴻章誤國，不報，遂歸田。至清末，則廷琛為京師大學堂監督，聘為教員，先生以師道自居，朔望謁拜孔子，必先監督。某年，先生年假還里，過杭州，寓望仙橋堍旅館，使招余往，率然問曰：「群看湯蟄先為何如人？」蟄先，湯先生壽潛字也。時蟄丈方辦滬杭甬鐵路，有盛名。余知先生言必有謂，不敢遽對。先生曰：「蟄先，偽君子也。」余唯唯而已。辛亥後，先生里居不復出。余往候之，先生束髮冠儒冠，衣深衣，儼然如對古人。余宿其宅，內外不聞語聲。先生有弟則剪髮矣。設米店於江邊，弟司其業。然聞裡山人云：買賣斗升出入不同，未知何如？余荷先生青目，昔時庋藏其所遺書牘，經漸當付闕如矣。

四十四、蔡元培逸事

蔡孑民先生元培，初字鶴卿，吾浙山陰人也，為同里李蒓客慈銘之弟子。少時，事叔父至恭，叔父嗜鴉片膏。一夜，叔父於煙榻上忽忽睡去，先生不敢離去，叔父覺，見先生猶侍立焉，乃促之出。先生以翰林起家，不供職。清光緒二十五六年間，先生居杭州，議辦師範學堂，被阻而止。元室物故，乃娶於江西黃氏。結婚之日，一去俗儀，僅設孔子位而謁禮焉。元室子無忌，時六七歲，是日特為製清制一品衣冠而服之。時，平陽宋平子先生及余師瑞安陳介石先生皆有名於時，先生請平子演說，平子教新夫人以後母之道，皆創聞也。光緒廿九、三十年間，先生在上海，辦愛國女子學校，又治《警鐘報》，為革命之倡導。隆冬之日，余往訪，先生僅服薄棉袍，長才蔽膝，受寒，流涕不絕，蓋居窘，報以私資支持之者也。其入翰林也，試者得其卷大喜，評其文盛稱之，而於其書法則曰：「牛鬼蛇神。」

四十五、三菱公司

清末，奕劻以親王位軍機首席，政以賄成。其子貝子農商部尚書載振，尤攬勢。朱家寶（似應為段芝貴——編者）以進妓楊翠喜於載振，得黑龍江巡撫，事尤著於耳目。時有御史江春霖、趙炳麟、□□□（偶忘其姓名，其名末字亦為林音，其官或非御史。編者按：應為趙啟霖。彈劾載振者即啟霖。《枕廬所聞錄》之「光宣朝政」、《世載堂雜憶》之「奔走權門扮演丑劇」及《十葉野聞》均有記述），皆不避權貴，封奏彈劾。人戲目為「三菱公司」。三菱公司者，日本之商業會社之名也。

四十六、黑車子

余少時聞故老言：「清朝王公食俸衣租，然其體制隆崇，媵妾廣眾，包衣奴婢率以百十數，進奉餽遺，歲費亦巨，子弟紈絝，復不知節，用事者匿報侵蝕，所入不給。於是有所謂黑車子者，令太監為導，物色初至京師欲冶遊者，偽伴遊覽，以黑薄帷車，昏黃之際，載入府中，由旁門入，縱令妻妾，與之交嬉，來者不知其為何許，破橐恣歡，知其富有者，則俾留連數日，忽然報稱爺至，匿之暗室，講價而出，所費傾裝。相傳龔定盦之於太清春，亦乘黑車以入，第定盦乃被太清春園遇賞識而後進，不由太監致之耳。太清春者，醇邸四美之一，南人也。」

四十七、章一山

章一山先生梫者，吾浙寧海人，出德清俞曲園先生之門。清末以學者稱，時台州有王子莊棻、喻子韶長霖、楊定甫晨、王子裳詠霓、王枚伯舟瑤，皆負鄉望。有著述，先生與靳驂焉，余於諸公間，定甫先生有書札往還而未之見，枚伯先生則余主講兩廣師範館時，先生方為監督，而一山先生於四年遏之上海，先生以遺老自處，時猶辮髮垂垂然也。先生以寧海向無翰林，必欲得之以為榮寵，且縣學有獎資，宗祠有學田，可恃為終老之養也。先生為軍機大臣善化瞿鴻禨提督浙學時所取優貢，成進士後，謁善化求為援，善化曰：「若必欲得翰林，尚須習館體字，使入格，否則無能為力。」蓋時習所重也，因令告殿。告殿，謂殿試時謁假以待後科也。先生不得不如命。至光緒三十年甲辰科補殿試，善化仍在軍機，為置三甲，得翰林檢討，以告殿假者例不入二甲也。先生不善詩，陳伯嚴先生三立，詩壇祭酒也，嘗謂浙江有四個不能詩之翰林，先生與吳絅齋士鑑共（其）二也。

四十八、王福廣沈尹默書優劣

上海有《活報》者，謂：「王福廣篆隸等描花，沈尹默富商撐腰脊。」又謂：「福廣書平鋪直敘，一無足覘，尹默書王字底子尚不算差，但其筆趣則缺然，不足名大家。」此論尚非過為詆毀，特尹默不可與福廣並論。尹默書工夫不差，相當知筆法，惟以深於臨摹，入而不出，故靈變不足，然無匠氣，究非今日其他書家可望其肩背也。近時如慈溪錢太希，永嘉馬公愚書皆有王字底子，但一望而為匠人書，皆無筆法可得也。後人作王字，皆失之俗，失之薄，俗者多矣，薄者如董香光、王夢樓皆是也。然薄猶可醫，俗不可治也。此四人者，福廣余父執，余嘗觀其作篆書楹帖，亦不空肘腕，是真描花也。尹默年必展覽其書一次，收入巨萬，謂之「富商撐腰」亦不誣。

四十九、諷刺聯詞

《公園閒話》，張絅伯舉汪精衛偽府時有為偶語云：「近衛汪精衛，你自衛，我自衛，兄魯弟衛。陳群李士群，來一群，去一群，狗黨狐群。」又一聯云：「孟光軋姘頭，梁鴻志短。宋江吃敗仗，吳用威消。」梁鴻志，吳用威亦偽府大員也。皆詞雖滑稽，義嚴斧鉞。

五十、袁巽初詞

袁巽初，名思永，湖南人，故清兩廣總督袁樹勛之子，曾從吾浙湯蟄先丈壽潛學。少年，即以道員官吾浙，清末，任督練公所總參議。蔣介石之赴日留學，曾受其試，稱弟子焉。十八年，余解教育部政務次長職歸杭州，余樾園亦自北平來，遂有東　雅集之會，巽初與之。頃讀其〈木蘭花慢．登豁蒙樓遠眺〉詞云：

一層樓更上，趁薄醉，倚危闌。望險塹龍蟠，雄關虎踞，大好江山。神州陸沉，豈忍待，憑誰橫海挽危瀾。記否六朝金粉，南都此地偏安。朱輪翠蓋自班班，幾輩濟時艱。把紙上經綸，刀頭策略，冷眼偷看。浮雲尚籠暗影，在亂鴉殘柳夕陽間。剩取秋光可愛，欒花紅照愁顏。

（自注：雞鳴寺山麓，有欒木數株，秋深作花，紅豔可愛，為他處所無。）

此詞譏蔣介石也，有宋人氣息，在辛稼軒、王聖與間。

五十一、潘復殺邵飄萍林白水

九、十年間，潘馨庵復為財政次長，攝部事。余為北京專門以上學校教職員會聯合會代表，以學校經費事訪之於財政部。馨庵衣不合襟，履不掩踝，出而相見，與余特致慇懃，謂於《國粹學報》時有雅誼，余茫然，敷衍之而已。頃於《學報》第四年第三十八期中見馨庵寫〈題學報第三週年祝典兼呈秋枚晦聞諸君子〉，乃恍然。潘故山東富室，聞國務總理靳雲鵬乃其乳母之子，後投軍致高位。翼卿（雲鵬字）既貴，馨庵亦因緣起家，然聞其清末曾舉鄉試也。後附張宗昌。十五年，段祺瑞下野，馮玉祥軍亦離北京，而張宗昌入，即殺《京報》社長邵飄萍，馨庵實唆之。飄萍嘗於其報端詆訐馨庵，故報怨也。

蓋宗昌入京後，佩孚、作霖亦旋至，俄而作霖以大元帥秉政矣。飄萍吾浙金華人，肄業浙江高等學堂。辛亥，杭辛齋辦《漢民日報》於杭州，飄萍任編輯焉。後入北京治《京報》，出入權貴之門，刺探消息，以是《京報》不脛而走。飄萍有黃遠庸之風，筆墨犀利，而更潑辣，往往訐人陰私，故賈怨。吳佩孚自武漢入北京，朝權在掌握，下令討伐張作霖，《京報》大贊之。既而馮玉祥回師廢曹錕，黃郛以內閣攝政，《京報》立轉其筆鋒，時人驚其神速。此亦其致死之因也。先飄萍被殺者為《社會日報》之林白水，白水者，少泉拆其「泉」字而為號也。白水福建人，清末，落拓至杭州，後遊日本。建國後，至北京，辦《社會日報》，初尚能言，袁世凱月與銀三千元收之。白水服食以奢，嘗坦然語人曰：「吾為金人矣。」以月入三千元緘其口也。至是，復萌故態，其筆亦刻利，因遭害。

五十二、讖語

讖語起於戰國，至秦時，有「明年祖龍死」之記，漢成、哀時始盛。光武以「劉秀為天子」應讖，遂崇信之，至以違讖為大逆。其實此巫家之所傳，上古神話之演變也。巫家變而為道教，東漢初有《太平清領書》，頗見引於李賢《後漢書》注，今在《道藏》，為道教本質之經典。至以老莊入藏，則牽引附會以為重，而今通傳諸經典，又模仿釋教為之，後起之作矣。唐有李淳風《推背圖》，明有劉基《燒餅歌》，亦未可據。如《燒餅歌》，余據《金陵瑣記》證出鐵冠道人，冒鶴亭廣生《小三吾亭隨筆》據顧起元之《客坐贅語》，亦如是云。

《隨筆》又記「七字妖言」一則，謂：「道光中民間競傳七字，謂合國朝七聖紀年之數，曰：『木、立、斗、非、共、世、極。』『木』字文為十八，屬世祖。『立』字文為六一，屬聖祖。『斗』字文為丨三，屬世宗。『非』字文為兩三十，屬高宗。『共』字文為廿六，而六字缺一，屬仁宗。『世』字文為卅一，屬宣宗。其時宣宗未崩，解者謂是卅一年，及庚戌正月升遐，乃悟其義。蓋謂在位三十年而一年則屬後人也。然求極字之解，終不可得。庚申八月，英人犯都城，鑾輿東狩，明年七月駕崩。好事者以離合推之，乃十年八月了口外又一年也。當時聞者紛紛傳說，驚為神異。」余謂事固神怪；然文宗以後，尚有同、光、宣三朝，何以竟不入數？是「道光中民間競傳」者，因有傳者其人歟？否則或同治初有巧思者構造之，而托於道光時傳說耳。

《良友》第九十五期有劉伯溫讖語云：「五六百年見，泰山甲乙，沆沮利楫；固有遺蔭，子肇帝業；草冠木屐，中合三一；蒼穹雷動，為君輔弼；古耄是獨，作桶稱德；輕重在握，功立殊域。兌余運南方出君臣，應覒髹說妙童，先復銅柱，後定鼎水。中九轉，起前程。天運洪武六年歲在癸丑三月谷旦，命討蠻將軍郭愈攜往象郡瘞於交趾疆界，劉基占志。」余謂世傳伯溫讖語甚多，然果出伯溫否？未有證也。洪武六年癸丑，紀年雖合而郭愈待考，且即使語出伯溫，而自洪武六年訖今早逾五六百年之數；無驗明矣。

五十三、訃聞方式

今之訃聞，各以俗異。然普通方式，猶沿舊習，首稱「不孝□□罪孽深重禍延顯□（考或妣）」云云，而末則具「孤子（或孤哀子）泣血稽顙」云云，其長子先亡而以長孫承重者，則稱「不孝承重孫」云云。頃得北京大學同事戴君亮訃其母作古之訊，君亮治法學者也，今之國法無承重矣，而訃言承重，其於「孤哀子」上特加「斬衰」二字。按：通俗「孤哀子」上更不加字，君亮湖南人，或其俗然耶？父歿喪母，亦斬衰，此唐後制度，而非《禮經》所垂。訃書言謹遵禮制，夫言禮，則經之所無，言制則今因無制，而有圍紗之禮，襲自遠方。況出門之女亦稱「斬衰」，則「禮經」、舊制、習俗皆無，豈以今者法律上男女平等故耶？或君亮之鄉固有其俗耶？

五十四、〈西江月〉詞

〈西江月〉調，宜於慷慨悲歌，《水滸傳》宋江題反詩用此調，極其致矣。十五年重五日，張宗昌至北平，余以奔走革命，頗為人矚目，乃亟避居東交民巷法國醫院，孑然無俚，亦作此調四闋以見意。云：

身世真如蓬轉，客中幾過端陽。艾旗蒲劍憶江鄉，雲水重重惆悵。　朝裡七零八落，民間十室九空（洽如廉）。今年節景異尋常，滿眼車騎甲仗。

二云：

宋子空談救鬥，墨家亂說非攻，如今擁眾便稱雄，愧我無拳無勇。　敢比望門張儉，原非投閣揚雄。走胡走越且從容，權住東交民巷。

三云：

背後風波渺茫，眼前雲狗蒼黃。誰秦誰楚總都忘，只是群兒相王。　卻為天公沉醉，便教長夜未央。一卮濁酒蕩胃腸，殺盡魑魅魍魎。

四云：

暑往寒來奔走，朝三暮四縱橫。趙錢孫李不須詳，都是一般混帳。　楚館秦樓面目，城狐社鼠心腸。有官捷足去投降，幌子居然革黨。

五十五、戒王超凡

門人王超凡人驥，長衢縣，調武義，鬬白抵省，聞余歸來謁。勖以為地方官之責任，在實地予民眾以利益，蓋今日一般之民眾實無以聊生矣。為政者多言以為富，何益哉？超凡近從事五教合一之說，五教者儒、佛、道、耶、回也，超凡以為問。余生以五家之中，儒道絕無宗教意味，且實與之背馳，皆主無鬼神者也。東漢以來，黃老之學亦絕。所謂道家者，古代之巫教而已。釋家具有宗教儀式，然大乘禪理，直達無神。惟耶、回主一神創造。至各家之出發點，亦各不同，不能以其共談仁義，共言救世，等而齊之，以為一道。三教同原之說，已成過去，況合五教耶？此種論調，要皆出於無識之徒，今則倡此類者是妄人。超凡學未深造，今日思想方面欲尋出路不得其由，遂為妄人所誘耳。然超凡正司導民，豈可身為提倡耶？即切戒之。

五十六、干支由來

干支者，榦支之省文，其何自來？余讀書少，未有見也。廿五年在成都，軍官學校成都分校主任馬君弼談「建昌附近之蠻俗，以三百六十日為一年，三十日為一月，其稱日無初一、初二、十

一、十二之名，謂木秏子即甲子，火秏子即丙子」。余謂古書言「大撓作甲子」，大撓或說黃帝時人，尋顓頊曆與今陽曆同，而《堯典》言「三百有六旬又六日」（旬亦日也，此日之轉注字，後人多以旬為十日，則《堯典》不可道矣）。是其時皆已不復用三百六十日為年，三十日為月之曆，則「大撓作甲子」，可能前於顓頊。古止以甲子紀日，顧亭林已言之，蓋初亦如蠻俗以鼠、牛、虎、兔等十二屬紀日，後以五行配之，遂成干支之名。五行之說，乃上古宗教派哲學之宇宙論中所謂元素也，此似為較進化之表現。據《史記・五帝紀》，則五行之說顓頊時已有矣。至紀歲之名如閼逢攝提於之類，亦上古民族語，或外來名詞之譯音。

五十七、哀啟格式

得夏映庵先生喪母之訃，其前不附遺像，哀啟亦遵舊式，止敘病情不闌家世事狀。蓋哀啟之興，原於《春秋》書「許世子弒父」，以其不嘗藥也，故近世遂歷敘病情醫藥之經過以告親友，欲人諒其侍疾之盡義也。近年哀啟，竟有闌入家世，歷述死者事跡。蓋並行狀而一之，不學之過歟？余遭母喪，訃啟一去「罪孽深重」等虛文，以此本宋人喪親通書自責之詞，後乃沿為訃啟定式，殊無謂也。亦不附印遺像，懼為人即投於字簍也。不致哀啟，以吾親篤老以終，雖異無疾而逝，然亦並無惡疾陰症，戚友平日致問，臨疾相慰，無須復有此文也。

五十八、家庭中稱大人

清季知府以上悉稱大人矣，然在其家猶稱老爺，即官至極品，猶然也。應季中丈仕至布政使，一日，余在丈所，而其兄叔寅至，家人曰：「三大人來。」余頗異之，然其呼季丈仍為老爺也。蓋丈自幼即館於外舅朱茗生侍郎家，昆季之來，反如外賓，故家人呼叔寅如此，是賓之矣。今國家為民主政體，一切前代制度，自不應襲用。居官時稱其職可也，去官仍為民矣。今則一為科長、縣長、廳長、處長、部長、師旅長、主席，人並終其身如其官呼之。如廳長以上或稱為大人，則襲清代之俗矣。余未入仕，邵伯絅與余書札，函面稱老爺或先生；及余掌教部，改稱大人，余惟笑之而已。乃一日，屈文六招飲，聞其家人呼文為大人，余亦笑之而已。

五十九、與許緘夫論佛

緘夫，吾友許炳堃之字也。緘夫學於日本，治紡織，歸為浙江咨議局議員，後長省立工業專門學校，有聲績。及遊歐美歸，則謝事而不能生活，至登報召友朋為助生活資，又一度為僧。及以薦為民政廳顧問、秘書。是時，廳長為朱家驊，頗蒙禮之。緘夫於佛學教宗頗悉，信事有部，謂此是真的佛學也。余與緘夫久別，初不知其精此也。及在上海，望衡而居，亦不相知，輾轉乃悉其所寓，則趨訪之，緘夫高聲劇語，豪氣如故。見余髮雖白而未見老，蓋在黃昏中不細辨耳，乃詢余何修而然？余謂無所修養。緘夫不信，堅問所由，余以緘夫事佛，正設供養乃指而笑曰：「你以此我亦以此。」緘夫詫曰：「你亦然耶？」余曰：「我實不拜佛、不唸經、不吃素，但略知其旨，取其一切平等耳。」緘夫自謂學佛主心宗，且勸余讀《宗鏡錄》。余乃謂：「我近實轉依唯物，宇宙現象，皆物質之變化，實不見有心能造境，且余以知唯物故，故即人之一切行動，無非內外物質交感而然，故對於世事亦復趨於平淡。」緘夫不以為然，謂其體驗，實是境由心造，因舉似曰：「盜掌吾頰則起懼心，友掌吾頰則起怒心，妓掌吾頰則起喜心。起心不同而擊頰則一，明自心造也。」余曰：「吾所見正反是：所見為盜，盜之面目猙獰則起懼心；所見為友，友之面目不如盜之可懼則起怒心；所見為妓，妓之面目可悅則起喜心。是則由目不由心也。目不能自主，境異而異也。」緘夫亦未覺不然。

翌日，緘夫來，復理唯心、唯物之論。緘夫本主唯心，今日乃曰：「境由心起，心由境造。」此又慈宗唯識之旨，不純心宗之論矣，則其信仰未深，即由於理未澈。今日緘夫舉似其夢中前知之說，似最可為境由心起之證。然余於夢中有前知之事，已非一二次矣。余詳加剖析，追憶過去，無不有其來蹤去跡。特有往所未經注意之境而印象已入，夢乃為之錯綜離合耳。如緘夫所舉，雖余非緘夫，不能知緘夫夢前所經者何如？而緘夫今日已有我執，正在持此以證唯心，又不肯追詳過去經歷，以明夢境所由然。且如緘夫向所未曾注意者，緘夫亦自不能知也。至如昨日緘夫所舉掌頰之比，余今復進一層為了證明確由目故，以若使瞽者遇之，彼本不知擊之者為誰，必無喜懼之分，唯有怒之反應耳。此反應非由心造，顯然易知。如心可造，當不見痛，亦可無懼喜矣。假使告以掌之者為誰，則亦同常人矣，何也？平日或受他人所告，盜有如何可畏之貌，妓有如何可悅之色也。或以為即此可證境確由心而起矣，仍不然者，蓋以能起者言，亦是腦神經中樞作用，傳達官部，若失去某一部官部神經，即不致然矣。以此為心，雖非司血之官器，仍是肉團，即仍為物質使然。正如懸鼓空中，擊之成聲，厚圍而擊，聲不能發，然則仍是唯物矣。

六十、王小宋之佛學救世論

《制言》第三十八期有王季同〈略論佛法要義〉，初不知季同為何人，後聞章太炎夫人言，乃知即王小宋也。余佐蔣觀雲丈治《選報》，所居為上海福州路工部局東之惠福里，時鄰室設一英文課堂，教授者為溫慶甫宗堯。而張菊生丈元濟每晨八時即來，就慶甫習英文，不失分秒。後去《選報》而治《新世界學報》，則遷而與小宋為密鄰，然不常往還也。轉瞬四十餘年，正不知小宋尚在人間否？今讀此文，恍如重握矣。此文在《制言》中較有價值，然亦有未安處。如言：「馬克斯嘗謂宗教為民眾之鴉片，蓋言其止能麻醉民眾，無滋養價值也。然彼除對基督教偶有討論外，未見其討論他種宗教，更未見其討論佛教，且佛教委實非他種宗教可比，然彼便下宗教為民眾之鴉片之結論。」

余謂凡屬有宗教性者，謂有神權之意義，無真理之剖示，而復具有特種崇拜神權之儀式者也。佛學誠有真理之剖示，然亦有特種同於崇拜神權之儀式，此雖由於因襲婆羅門教而然，要使具有半宗教之意味矣。且如今日之信有往生樂土者，非具靈魂天堂之意義乎？則馬克斯是否將佛教列入宗教，固少明證，而使即在，有以召之矣。小宋此文於現代哲學亦極瞭解，然其結論之旨，在以修持，求證真現量。余昔亦如是主張，且亦下多少工夫，然無心所得，即是真現量。此在老莊，亦如是言，況佛固闡其說乎？無心者止是破除我法二執耳。

《要義》有言：「社會不安之主要原因，在眾生之自私自利，自私自利由於俱生二執，即錯認我與宇宙為實，故大心眾生依佛法修持，觀我與宇宙皆空，即能發出世心，袪除自私自利之見。又觀二者雖空，而眾生執迷為實，造業受報不爽，空而不空，即能發菩提心，拔苦為樂。拔苦者，社會貧乏，則隨力財施；與樂者，以佛法真理教人，使人人知我與宇宙非實，不復孳孳為利。貧乏者能安貧樂道，不起非分之想；富有者能博施濟眾，胞與為懷，不務貨悖而入，然而社會不安者，未之有也。」余謂宇宙不外因緣所成，此理是實，徵諸科學而不背也。人明此理，即不必談空，但能實踐而不違，私利之見自袪，此中國理學家之所以異於佛學者也。五識所接，必謂之空，止增眾生之惑，但示此理必然，則世非願自殺者必不飲鶴紅而食砒霜矣。世人每謂一切皆空，而實一不能空。若盡如是，亦復何益。若謂未證真果，故不能空，則自釋迦成道以後，得證者幾人，即一乘大藏之纂述者，果皆證得而後言耶？抑亦以因明得之為多？則亦如現代哲學者矣。如章太炎丈能言大乘了義，然其二執實未能破，此余所親接而知其然也。故余願世盡得瞭解自然，盡得瞭解社會，亦自然能現平等性，發菩提心。《孟子》所舉「乍見孺子」一章，即可證明一睫之間，兩者俱現，固不必精心一藏，了通大乘也。

以自然科學利用厚生，勝於空談教義多矣。至於自然科學，一方實有啟發殺機之事實，但此為社會必經之階段，非其本身之罪惡。亦正由利用厚生之術，未極乎常軌，而社會發展必然之法則，未得人人而喻。苟明歷史唯物之真理，與社會發展必然之法則，而以自然科學利用厚生，使生活各得滿足，則殺機自弭。不然，雖多法門，終屬無濟。自佛滅度將三千年，世界何如？即印度又何如？馮道對契丹酋長言：「佛救不得，惟皇帝救得。」此雖一時權對以挽時急，然三千年歷史之照示，佛教空垂了義，未救人倫。梁武帝乃至餓死台城，並已並不能自全，此不得以生滅平等漫為解嘲也。未利用厚生，術雖未盡，譬之望梅，猶足止渴，談空絕有，義雖迥高，譬之畫餅，竟不充飢。是知叔本華不如馬克斯矣。吾人固不輕視釋迦與叔本華，顧以宇宙現象，決非成毀於一心起滅，人類生存，亦必資取於利用厚生，徒語人心生法生，不若使其人若已足。況境由心造，心自何來？心如非有，有者為何？變言唯識，仍不解惑。又若謂人人知我與宇宙非實，即是轉識成智，轉識成智，仍不絕有。故佛言出世，不壞世法，特使修成平等性，得發菩提心耳，以是「不復孳孳為利，貧乏者能安貧樂道，不起非分之想，富有者能博施濟眾，胞與為懷，不務貨悖而入」。此亦理想耳。

佛居世時，成佛者幾人？佛滅度後，成佛者幾人？若期人人知我與宇宙非實，正如俟河之清，而以明明實者謂之為空，此余所以謂止增眾生之惑也。故佛法流行三千年，世界人類生生滅滅，真非河沙可喻。然若大乘妙義，曾不能動其毫末者，決非六道輪迴，眾生業重，只是現實生活無法解決耳。如謂不然，只是佛法無靈，一場誑語矣。且宇宙皆物質不斷之流動，各為所保，各有所需，而生物尤有營養之必要。貧乏富有，非由自然；生理所需，富貧一致；不足則求，無有能外，是故富有能博施濟眾，由其生活已得解決也。縱使能博施濟眾，所分者豈能與已有同等？不能與已有同等，是以余瀝治人，受者如得墦間之祭餘而已。若竟同等，則是已無特殊之享有，何為而必致此富？且其所以致富者，非自天墜，亦非地湧，事實相證，盡由剝削。故貧者雖得富者之餘瀝，而終不得飽暖，亦豈甘於長貧？在社會即盜賊所由以發，在國際即戰鬥之伏因也。若謂此當以知我與宇宙非實為前提，既知我與宇宙非實，則貧忘其貧，富不見富，此直戲論，戲論者，謂其違背實際耳。

余多見禪林道院，庫藏豐足，究其得來，謂是佈施（其實不盡然，亦多藉佈施所得，轉事貿易），佈施之人，即是剝削人以致富者。林院恃以濟人，亦謂佈施。則此實可恥之事，乃居為善之名。若夫沿門托缽者，仍有嗟生之歎，此曹掛單，每為知客白眼，而富貴登門，則趨承恐後，俗謂最勢利者莫若僧侶，自有由也。然林院之徒，未嘗不能言空有之義，亦或能知空有之理，然而生死等視，不求自濟者，固屬僅無，其真能捨己濟人者，亦為僅有。故唯有使生活滿足，此無所羨，彼無所闕，生活平等而鬥爭始泯矣。余聞今日蘇聯，人人勞動，人人得食，用力多者得酬多，然得酬者至無可費，而轉納其多餘之贏於國家，國家轉以生產而利大眾，此不愈於乞祭者之墦餘，求佈施於富人耶？

六十一、雲林寺僧 天竺寺僧

吾杭西湖之勝處為靈隱，有雲林寺，所謂四叢林之一也。季春香火之盛，即僧眾衣食之原，而每年猶得向布政司支公帑焉。清同、光間，其住持僧貫通者，猶及見余祖。光緒末，貫通年已六十而近。時余家以餘屋賃於傅姓，而傅翁司事於所謂過塘行。過塘行者，轉運物貨所假貯而因宿客焉。有金松林者，江北人，年五十餘，自謂提督銜，記名總兵候補副將，先寓於行，傅翁招之，徙於其餘屋居。時松林有從者一人，猶今所謂副官。而松林嗜鴉片膏，少出門，出門則冠一品冠，行裝乘輿，從者騎而殿於後，朝出而夕返，時或不歸。從者浸增至三人，其一則蕭山少年也，自少年口知松林出必渡錢塘江，以是或不歸。既而由蕭山與一中年婦人至，謂其配，而不類，又自其從者爭喧知少年實婦之子，亦不能究也。

一日，傅翁子婦三十初度，戚屬以傀儡戲為壽，鑼鼓闐然，松林與婦俱為上客。夜闌客散，諸聲將寂，而松林急呼阿明，阿明者，其從者領袖也。而阿明亦急召其伴起，曰：「有刺客。」然事旋定。昱之遲明，即呼一輿至，載婦人渡江歸蕭山，以其子從。婦人之出，乃由余家後宅膠州孫典史大庚寓假其後門以行，以是知婦人為松林渡江所寓之主婦，然一鄉嫗耳。松林私之，而托言為傭與之俱。及其夫悉之，乃乘夜來，挾刃以伺焉。松林亦遂移居，後大庚遇之衢州，則率巡防隊矣。

松林嘗之雲林寺，貫通因來報。見吾家所懸扁額，有余祖名字，因邀余往遊，逾時，余忽趣其寺，因留飯。貫通以故人子弟視余，故出其常食為餉，赫然六器，其四為雞、鴨、豬肘、海參，皆佛門戒食，其二為蔬物與羹，其味皆極美。蓋其烹調，不用柴火，燃燭代之，火候專也。而侍者為二沙彌，皆妙齡。人言貫通故有妻三，皆蓄於寺右，偽為民家室，皆次第物故，乃以二沙彌侍。

雲林寺之富，實不及天竺寺，天竺寺有三，曰下天竺、中天竺、上天竺。每寺僧皆分若干房，房各佔有施主，施主率為浙西及蘇州、上海人。每年春季，施主朝寺，則各以簿進（乞香火資，施主署其數，若數十，若數百，以至於千；數十者即時付焉，其數大者若老顧主，不即取，以時收諸其家）。故各房之僧，時以爭施主而至相惡。各房之僧亦各有室於外，或一或二，當地之人能指目之也。各房皆植田，其徵租率重，實為地主階級矣。

西湖之西筲箕灣，又有法相寺者亦然，余所悉有僧名六一者，以放債置田產致富，嗜阿片膏，有妻子於寺外，又嘗私於寺之近地婦人。

六十二、東嶽廟

東嶽廟者，祀泰山神君，主生死者也，其說亦具《太平清領經》，余已於《讀書記》言之矣。吾杭有嶽廟三，一在城隍山，一在三台山，皆屬故城之西南隅，一在城西北十餘里，稱老東嶽。杭人兼信巫佛，鄉民尤信巫，率有「投文」之舉，具姓名、年歲月日、時辰、籍里、於廟祝所製之文書上，投諸神君，求得免罪，好生來世。其書必置黃布囊中謹藏之，命終時與俱入棺。每年秋初，廟有耕審。朝審者，神君所屬百官往朝神君，而神君以此時審判罪犯也（神君俗呼東嶽大帝，此由五帝之說，東方為青帝，而以岱嶽配之，故演變為此稱。朝者，漢時太守刺史之官署，亦稱朝廷，僚屬稟白公事即為朝會）。其朝也由廟祝書百神之名於紅柬，向神君唱之，如曰：「城隍臣某某、土地臣某某」之類，若仿侑參為之，而實本古之計偕。余曾於天台山嶽廟見唱朝者有「少保兵部尚書臣于」者，於為明「土木之變」為石亨所殺之于謙也。謙墓適在廟右，遂以為神君臣，而不呼其名者，示敬也。人有以「君不君臣不臣」譏之者，其實巫祝所為，本不足道也。其審也，則率為病者，而以瘋人為多。審犯時五木所加，一如昔時官府鞫獄，威嚴懍然。俗謂瘋子經東嶽審後得癒也。此自為治精神病之一法，特得效頗少耳。廟中制度，同於天竺，故財產甚豐。老東嶽一日燃燭大小以數千計，率甫然即去之，來者眾也，已燃而去之之燭，仍由澆造家收入，重製焉，即此所得已致富矣。然三台山嶽廟瞠乎不及，城隍山者則更冷落，蓋老東嶽為四鄉及外縣之信眾所萃也。

六十三、陳介石師之史論

李義山〈龍池詩〉：「薛王沈醉壽王醒。」不為玄宗諱娶楊太真事，陸甫裡〈和皮襲美太伯廟詩〉：「邇來父子爭天下，不信人間有讓王。」疑亦刺靈武事。玄宗幾失社稷，肅宗雖自正號，實亦無嫌，爭名教者必蒙以篡名，真無謂也。昔侍陳介石師獻宸，師頗以王陽明功業雖成，然武宗無君人之德，而宸濠亦朱家子弟，不劣於武宗，何必左袒武宗而誅伐宸濠？猶方孝孺之赤十族，不過為建文爭帝位於燕王，而以十族為名教所犧牲。師論史往往如是。余亦嘗謂劉備語諸葛亮：「可輔則輔，不可輔則君自取之。」此固備明知禪之不肖，無奈亮何，而為此語以試亮情，亮以「鞠躬盡瘁、死而後已」為對，得以免疑。然觀亮雖擅朝政，而〈出師表〉有「宮府一體」之語，盡固未嘗一切可以獨行也。以亮之才自可取而代之，然乃奉孱主而卒失其國，亦名教之縛束不能自脫也。然後世乃信「如魚得水」之言，使果如水魚，備何必為是言乎？

六十四、鳶飛魚躍

智影告余，前日看電影，目為《女人面孔》，頗具高尚哲學思想，殆與莎士比亞之《私生兒》相伯仲。以此可悟世間所謂罪惡，皆是社會制度造成之。智影治文學，而思想新銳，所見皆真切。余以為活潑潑地生命中並無善惡種子，鳶飛戾天，魚躍於淵，即是各遂其生命，至於絡馬首、穿牛鼻即是罪惡。故曰：「聖人不死，大盜不止。」然如今日吾國之社會，正為造惡之洪爐，鳶飛魚躍，非有一番陶鑄何詎得語此耶？

六十五、科學家信佛者

赴醫歸途，經般若書局，本為買書局寄售之神曲精午時茶以治胃，乃藥單外附有書目，書目後附有《佛法原理》諸書，印成後繫之以詩二十首。此吾杭淨慈寺前雙十醫院院主汪千仞所為，千仞固治新醫術者也。其前十六首陳義皆是，乃治科學者之言。

其第五首云：

紛紛異學逞神通，佛亦時沿獵較風。
當識經中靈怪句，與吾莊叟寓言同。

第六首曰：

神巫乩士寓言家，都藉靈山掛旆牙。
檢我如來清淨法，幾時威福向人加。

第七首曰：

昌黎毀佛語皆盲，迎骨之爭理卻長。
舍利為私經卷重，本師金訓俗皆忘。

第八首曰：

超幽儀軌起於梁，本是權宜辟解方。
今日山門人事廢，祇餘鬼事十分忙。

第九首曰：

耕而後食語殊通，懷海門徒悉執工。
誠慮世人齊學乞，阿誰來作飯僧翁。

不徒箴砭末俗，亦予緇流一棒喝矣。然其十七首曰：

三生業報例難逃，非若尼山筆貶褒。
今世麟經無效力，微權端賴鷲峰操。

業報之說，章太炎亦時道之，蓋亦如是我聞耳，余則不信乎此。一切物物皆是因緣聚散，依物質不滅定例，散於此復聚於彼，《莊子》所謂化臭腐為神奇，化神奇為臭腐也。然後時之神奇，非復先時之臭腐；後時之臭腐，亦非復先時之神奇。此理以程伊川之粗疏亦知之，今日科學中更可證明無誣。若佛法所謂業識總持，則又所謂宇宙之謎。此緣出發點為唯心，則非此異以自圓其說耳。夫謂一身之生時，有過去未來，其思想行動相為因緣，亦有果報，理許成立。若謂此身之前為過去生中，此身之後為未來生中，而為一身三生業報之說，理不得成。即以組織今生之身，其質並非前生之身；組織來生之身，其質亦非今生之身也。且一身而受過未之報，事實未得證明；即有傳說，皆緣妄附。苟必持此說，又令眾生顛倒，避實趨虛，毫無所得，遺毒社會，製造不寧矣。然其第十八首曰：

勝義中無果與因，輪迴屬幻亦非真。
善知萬法皆如義，則脫輪中久轉身。

則仍是善知識，而前章為劣根人說，究屬多此一舉。其實佛性一如，根無優劣；積世人力，自致天淵。今者吾人深知改造有方，只須從生活實際求其解決，平等現前，樂土斯在。至如業報、輪迴、禍福之說，不足以動智者，亦不足以濟愚人，止與不足為智者，不至為愚人者作一種話柄，且業報、禍福本實非一。

其十九首云：

輪迴既脫去何方，寧有方為佛所藏。

乘願當然仍入世，但非被控業之韁。

第廿首曰：

太息群倫昧本源，演成血案滿乾坤。
我惟度眾希菩薩，不願登顛作世尊。

前章義是，但只能就現在生中說三生業報。說六道輪迴，試為舉例：在母身中，遺傳平等心性；出世以後，教育平等心性；入於社會，鍛鍊平等心性。是人即是活佛，不受輪迴矣。出於富貴之種性，長於膏粱之生活，耳目所接，皆非平等；心知所觸，盡障菩提，此人依其程度，各受輪迴。雖出富貴之種性，長膏粱之生活，耳目所接，皆非平等，心知所觸，盡障菩提，然一旦發悟，即脫輪迴，如是言義，實契佛諦，苟就分析，亦具三生，隨緣輪迴，可經六道。必執舊義，斯墜神論。至如後章，似未澈明，緣菩薩與佛，程度之差。故佛有十地，金剛喻定，便是登顛。登顛不為趨滅，何以遂不度眾？正當度心彌堅，度力益廣，非至涅槃，慈悲不止。如謂喻定則眾生生滅，不復起念，則是喻定與涅槃不別，大覺遂成不覺，乃落邊義，非復圓成實性矣。

六十六、葬地生熟

杭州風俗，葬求生地，謂熟地不發子孫。熟地者，曾葬古人者也。然自古死人無算，而葬地有限，且自郭璞之術行而家求吉地，吉地不多，則熟地自多矣。故杭之以為人治葬為業者，輒偵葬家無後，或積世離鄉久不掃墓者，平其墓而新之，以求價，人不知而以為生地也，質之堪輿家，堪輿家每與業是者通，遂為之證，其實仍受其欺也。余妻家即業是者，故悉其情。余之葬母，以格於市令，不得合葬於吾父，又將遷高祖以下三世之葬，求少廣之地不得，乃卒得杭縣轉塘鄉忙塢雲樓寺山後之新塋，然窀穸之時，發土得舊糧食瓶，證此必熟地矣，非近年所為耳。余不為意，以無求福之念也。今讀王荊公詩注引陳始興《王叔陵傳》：「晉世王公貴人多葬梅嶺，及叔陵母彭氏卒，啟求梅嶺，乃發故太傅謝安墓，棄去安柩，以葬其母。」然則古無生熟之嫌。如叔陵止求葬母於名跡之區，發先代聞人之墓而不恤，余亦無取焉。余身殽以後當誡子孫以電葬或火葬，何必以臭皮囊奪生人生計耶？

六十七、學步效顰之醜態

廿六年九月三日上海某報載有：上海教授作家協會戰時文化建設委員會電致軍事委員會委員長詞。詞中有「屬會」云云。按：戰時文化建設委員會屬於上海教授作家協會，上海教授作家協會，豈屬於軍事委員會者耶？不然，「屬會」之云，何以為解？此種官署文習，乃復見於上海教授作家協會之文化建設委員會電文中，已可怪矣。電詞全文皆係舊式體制，然殊無動人佳句。謂其止求達意，無心造詞耶？則句句似皆經營而出之，若「懲□□（指日寇，今忘之矣）之強梁，樹大漢之先聲」可證也。即此二句，依舊式體制，乃屬儷偶之詞，然對既不切，韻又不諧，何苦乃爾。近來舊式文體之作，絕無佳者，此出教授作家宜當筆者為教授中之作家也，未免可憐。陸敬輿奉天改元制下，驕將悍卒為之感泣，詞之感人固有可以入人心脾者，若此者宜以覆瓿耳。又今之少年，不悉故事，書札啟事，亦多可笑，如「鈞鑒」、「鈞啟」每隨便用。由不知「誰秉國鈞」乃可當此。清季宦海，阿諛成風，然「鈞」字不能誤用，猶悉其義也。今日此類一可革除，致人恭敬，本不在此。

六十八、趙撝叔

趙撝叔之謙，吾浙紹興人，以書及刻石擅聲，舉人，致官知縣。與李蒓客為中表而蒓客以妄人斥之，然人謂蒓客毀譽有以己意者，惟李審言〔詳〕《脞語》記撝叔私造魏碑以售於世，書有潤格，如應親友之作，於首一字必淡墨書之，使之有別。又由楊惺吾介紹京師匯文堂為刻《續寰宇訪碑錄》而不付工資，則撝叔竟無行至此耶？

六十九、何子貞嫉吳攘之

李審言《脞語》中又記何子貞既傾包眘伯，又嫉吳攘之，謂「攘之老矣，棲於佛寺，求書者踵接，賴以贍家。貞老聞之，不平，語揚州運使方子箴曰：『吳某，其師尚不懂筆法，況吳耶？』語漸傳於鹽賈之耳，攘之之聲價頓減。」審言江蘇興化人，昔有文字投於《國粹學報》，然余未之識也。十八年，余在教部，有為審言老而貧，以著作來求置名編審處，然未能延攬也。今聞已亡矣。其人似不至為誣語，然則貞老亦有文人相妒之習耶？兩家書各有所長，皆從規矩入，從規矩出，蝯叟書可效，故楊□瀚所作幾能奪蝯叟之席，特根柢自異耳。攘之能運指，故雖未成就而人不能效。

七十、熊秉三

熊秉三希齡，湖南鳳凰人，以翰林起家，與戊戌黨籍，清末，官東三省鹽運使，建國後為進步黨領袖之一。袁世凱成清流內閣，以秉三為國務總理，梁啟超長財政，為一時之望。然世凱顧以非己系，不之信。且秉三以責任內閣自標榜，而世凱實仍操持財政，故數月而敗。秉三出為熱河都統，即故清行宮為署，行宮物尚夥，署中人發生貂皮以鋪地，皆不之識也。秉三解職歸北京，持若干以襯足，陳伏廬丈見之，駭然，謂秉三：「何如此闊，竟以貂皮障地？」秉三亦詫曰：「這是貂耶？」按：清制，京官三品以上得服貂，鹽運使四品，又外官，秉三或以此未嘗服貂，或未嘗睹生貂皮，貂皮未製者多健毫，故不易識。秉三夫人江蘇朱氏，有幹才，能治生，秉三頗倚之。然夫人視秉三如子弟然，每致語若告誡，滔滔不絕口，秉三苦之。秉三任督辦□賑務，日趨公，夫人以電機與通話，秉三接而聽之，然夫人語每多時，亦實無重輕且或致詬奚，秉三厭之，且以妨公，乃置聽器於桌上，少頃一聽之，料其將畢，乃復聽，唯唯而終，以為常，朱夫人不知也。伏丈云。

七十一、清代試士瑣記

清代各省試士之所為貢院，貢院非大比之年，率閉而封之。大省貢院可容萬人以上（江寧貢院最大，以江南三省之士皆於是試），大率南向而築屋。屋分東西列，東西又各分若干列，每列自南而北，又分若干列，列列相距丈許，南北之列，各為屋一百號。每號高可容人立，廣可伸一臂，深可坐而書，坐具如北方之炕，而就隔牆之兩端支一板可以起落者為桌，以書以食，前無門窗為蔽，蔽者即前列之屋脊，而高於屋，故陽光僅入。夜則號給紙燈籠一（自有洋燭後可攜方形折燈洋燭以入）。試者朝夕於是，飲食於是，臥溲於是，有監試者監焉，不得相往來，通言語。有號軍供水，然一列僅一人也。每日供食二次，飯與菜皆不能下嚥者，試者多自備以入，出資使號軍代治，亦止煮飯而已。自有酒精烹煮之器，則或攜以自治，然亦中產之士才能辦也。院例予人一飯具，三菜具，可以攜歸，然皆如小兒玩具，以糙瓷為之（余父就試，攜歸予余姊弟為玩具，一碗飯可三四口而盡，一盆菜亦下兩三箸可畢也，然余於故書知此猶宋之遺制）。如是者三日為一場，得歸休沐，三場而畢，是謂矮屋風光。

凡各省之試曰鄉試，鄉試以子午、卯酉之年一舉，舉於中秋，時氣候蒸熱，病者日有，中惡暴疾而亡者，皆以為有夙寃索命也。當試者就號以後，號軍於夜初擊柝而號曰：「有仇報仇，有寃報寃。」聞者為之毛起。於是有失行者，精神為之刺激，惴惴不安，益以晝夜疲勞，往往中惡，作鬼神相附語，傳者神之，謂為寃報矣。相傳貢院許生入，不許死出。蓋鎖棘以後，非終場放考不啟，所以防弊。故雖監臨（監臨例以巡撫任之）、主考死於於院，亦不得遽出，以監臨、主考皆欽差，例須正門出入也。試士之死者，經檢察後由側門殮而出之。（相傳主考死於院者必其子孫復來為主考，乃得騎棺而出，然余未檢故事也。）

鄉試之監臨，巡撫任之，巡撫有事，則以學政代焉。主考、監臨之入闈也，由監臨主主考行館，導主考（正副各一）背朝服（清制：制服為大禮服，平常冠帶為常禮服，不著外褂而用馬褂，袍亦開襟者為行裝，便騎者也。朝服之冠履異於常服，且須加披肩，舊俗死者遺像所服即朝服也）而乘憲轎（憲轎謂法定之轎，狀如神座，上無幄，旁無蔽，蓋使人民得具瞻也，實即古步輦之遺制。每歲迎春之日，巡撫及布政、按察兩司使俗稱三大憲，亦朝服乘憲轎以往，平時皆常禮服，坐暖轎），具全副儀仗呼殿至貢院，入而鎖棘（俗呼封門），試畢而後出闈。蓋校士為大典，故隆禮焉。

清故事：進士殿試列一甲者例止三名，故俗呼三鼎甲，即狀元、榜眼、探花也。榜下，賜宴端門，大學士（清制：文華殿大學士為首揆，後代以領班軍機大臣，然大禮仍如制度也）執爵以飲三及第者，三巡而畢，插花披紅，騎而歸邸，大學士揖之上馬，有司護送，皆如唐宋故事也。三及第者即日授職，第一名為翰林院修撰，六品，餘皆翰林院編修，七品。試士自四方至京，往往寓其本籍省府縣之會館，三人者之同鄉官於朝者，即日各就其省館為設行邸，迎而宴之，官最尊者執爵致賀，然後撤花紅。此三人者例於次科鄉試得放主考，或學政缺出，先得學政，然皆慕主考，以門生皆舉人，騰達易，而已有利焉。如前記吾浙孫渠田之於沈寶楨、李鴻章是也。清制：官俸甚薄，後增養廉，亦不足以資生。故有不樂為翰林而故汗其卷俾入三甲者，然以翰林清望，故競之者猶多。生事則窘迫矣，往往就達官家為賓師，且便夤緣得試差（主考、學政）。一差所得，不通關節，亦足數歲溫飽。凡出差至其座主（試官）之鄉土者，必詣座主請教焉。座主往往有囑托，即利藪也。昔人記一故事，有請教於座主者，屢以其鄉人才為問，意在獻慇懃，而座主殊無所托。此人以座主無言，不敢遽退，忽而座主一欠身，此人以為座主若此其敬也，必所囑有異於常者，則振襟請益，座主曰：「無他，下氣通耳。」此人謹記其言。及事，卷必親閱，意其佳才也，前列既定，殊無其人，乃命搜遺，而得夏器通焉，喜而錄之，文僅粗順而已。歸朝日，報於座主，謂不辱師命也。座主大詫，謂余實無所囑。此人為言其故，座主大笑曰：「是時適下氣通耳。」此科場之笑柄也。

會試，清制在京師，有試院如各省。主試者稱大總裁、副總裁；總裁一，副之者三。總裁以大學士、尚書為之，副者，則爵尊而外亦取兼有重望者為之。殿試則所謂天子臨軒策士也，故及第者俗稱天子門生。其制：就保和殿集進士中式者復試之，以古今事宜作策問，使之對，王大臣監之。進士皆衣冠負笈入，出矮桌（彼時北京琉璃廠文具店有備，可折放）敷之，坐地而書（矮桌之制沿於宋，宋則官為之備耳），終日而畢。其文首書「臣對臣聞」，末書「臣謹對」，中則引制策（即題目）逐次條答。其對有虛有實，實者非飽學者不能為，虛對可以剿襲成文，雖牛頭不對馬嘴，無傷也。清末往往而然，蓋止取字體端正，詞無忌諱，有無內容，在所不問，惟德宗曾親閱試卷。甲午，兵敗於日本，乙未殿試，元卷已定（故事：閱卷大臣以其爵秩及被命名列先後為次，得依次各取一甲三人及二甲前列七人，都十卷進呈御覽，皇帝率如所定，不之易也）。是科，德宗以駱成驤卷有「君憂臣辱、君辱臣死」之語，密密圈之，自第七拔置第一。

故事：殿試卷書無所限，惟遇「天」及「帝、后、祖宗」等字，須提行，且必高出一二字書之（俗稱抬頭，如「天」字須比「皇上」高一格，「祖宗」亦然）。至清末，以慈禧垂簾，則「太后」既高於「帝」，「祖宗」復高於「太后」，「天」又高於「祖宗」，於是同時有此，竟至四抬。前此遇抬頭處，前行可以空腳，即詞不須到底也，及是，則須行行到底。於是必臨時硬增強湊以足其數。此又科場之末弊，而朝政所趨亦已明矣，其亡也宜。

鄉會試自監臨以下，有監試、提調等名，以現任或候補道府以下者充之，其資格以科舉出身者為上。自總裁主考以下有襄試，由現任或候補之道、府、縣之正途出身者充之，通稱「房官」，會試稱「同考官」，皆先為總裁、主考任初步閱卷者也。試者如出某房，即稱門生，故任襄試多次，其門生亦眾。身受奉養，澤及子孫，亦彼時宦途中調劑生活之一道也。

學政校士，省會之外，就各府召其屬之士而試之，蓋學童（法稱童生）必自縣試及格，而後得就府試，府試得雋而後得受院試（學政體制如巡撫，其署稱部院，俗稱學院）。故無試院，省則就其署為考棚，置長板桌，長板凳，東西前後為行列，如佛寺之飯僧者然。試者未明而入，及暮而出。試有初覆、提覆。提覆施之拔萃及有疑者，學政試不加彌封，學政巡視諸生以為異者，可召而詢之，使上堂，為特置坐而試焉，謂之「提堂」。提堂才必置第一，否則亦在前列也。紳士子弟號為官生，亦得提堂，然不定必取，但多得被取之機會耳。

清制：試有文武兩種，學政兼試武童，至武鄉試則由巡撫主之，武試止重刀、槍、劍、戟、弓、矢、程石，雖亦有文字之試（試武經），應故事而已。

文武生受學政試竣，則發其原籍府縣學為學生，具稱府學生員，縣學生員，所謂入庠也。生員文者，初入為庠生，其後學政復有例試，學優者進為貢生，與廩餼者為廩生，廩生得為童生就試之保證人，俗稱廩保，保其身家清白並無假冒（尤重冒籍），其被保者既須納資於廩生，又稱弟子焉。資數，非士族而崛起者，求保不易得，可由學官（清制：府學教授一員，縣學訓導、教諭各一員，俗稱學老師）指定廩生為之保，則如余幼時所知僅銀兩圓為高額矣。不然，則稱家之有無。故廩生得保一般富子弟，勝坐十年冷板凳也。貢生而得餼者為廩貢生。又有優拔之試，雋者稱優貢生，拔貢生，拔重於優，可徑赴朝考，授知縣、學官等職。此古拔萃、優異等特科之遺制，文士之又一出路也。

武生率為農工子弟，無力攻讀，乃以力自奮，學藝既成，遂得請試。以其家貧，故率衣冠敝敝，不成威儀。前代又重文輕武，武生亦不敢與文者比伍，雖同年為一學弟子，不相通謁也。余嘗至學院，觀文武生員行初謁禮，文者蔑視武者若恐浼焉。生員入學時有制服，其冠與朝帽同，而上插金花二，相交其上端，冠頂以白色金屬製為雀形，與入流品者特異，清制：官等以品分，自一至九，各有正從。一品冠頂紅寶石製，二品珊瑚石製，三品明藍石製，四品青金石製（俗稱烏藍，言不透明也），五品水晶石製，六品硨磲石製（潔白色），七品以下銅製（俗稱金頂），生員初用雀頂者，蓋示甫釋褐未入流品也。既釋褐即與七品以下官同，並戴金頂，服常禮服矣。所履亦為方頭靴，此朝靴也（此式今尚可於劇中見之，實自古相沿之制）。惟衣稱襴衫者，無殊明代士服，以藍色綢為之，而自襟而下及前後衩、前後邊並加五寸之綢緣；色或深藍或縹（杭俗稱天青，實《考工記》：「六入謂之玄」之玄），或以韋陀金，則非富者不辦矣。衫上施硬領、披肩，亦與朝服同，大氐富貴之家得捷報即治之，已婚者則由婦家製以相貽，而貧士率假於人。武生員竟有不能具衣冠，或止便衣而戴禮冠。相形見絀，此之謂矣。

七十二、周之德

周之德，不知何處人，清末，官浙江衢州府都闈，身長六尺，儀貌魁梧如古傳記中人，性嚴正，不為勢屈。清制：各省文武官吏知縣事以上出有儀從，自總督、巡撫而下漸殺焉。總督、巡撫以小紅亭前導（俗呼頭亭，余昔嘗有考記，今不復能記矣），次有紅傘、綠扇（傘以障雨，扇以障日），鳴鑼者四次之，所以告人也。次則若「甲」字形之木牌四，白地上繪虎頭，黃黑色，虎頭下書「肅靜」者二，「迴避」者二，制人衝道也。復次為官銜牌，則以其官銜之多寡為衡，每一銜為二牌，皆銜役分左右肩之以行，令道旁左右之人皆得見也。大率總督、巡撫自本職總督某某地方軍務、節制水陸各鎮、巡撫某某地方外，例有兼官，因司彈劾則兼右都御史，右副都御史；因治軍務或兼治軍務（總督本是軍職，巡撫則本非軍職），則有兵部尚書或兵部右侍郎節制水陸各鎮；如兼管鹽政、漕政者，亦必揭櫫於本職之前。他若得有宮銜及賜爵者（宮銜如太保、少保、太子太保、太子少保，爵如王、公、侯、伯、子、男）亦具列焉。故至少銜牌有四五對也。再次則冠紅黑帽之皂役各四人（俗呼紅黑帽子，古之隸也），呼喝不絕，義若警蹕然。又次，騎而導者一人（俗呼頂馬，率為五六品武官）提香爐，而從其後者四人，本官乘綠圍紅障泥之轎，四人前後抬之，四人左右扶之（俗稱八轎），又在引爐之後，有戈什哈（巡捕）二人從於左右，而跟馬二殿焉。此外省八座之常儀也（大禮時儀制尤備）。

光緒廿六（庚子）年，督撫以下減省儀從，僅前後有騎導從，而以少數衛兵警護，然並未改制，故督撫不能正式令其屬必相遵服也。之德於歲朝仍儀從呵殿出入，人有謂之者，之德曰：「我敲的是皇上家的鑼。」長官無奈何也。分巡金衢嚴兵備道鮑祖齡者，中興名將鮑超之子也，習狎邪遊，時時宿西安（衢州府首縣，後避陝西同名，改為衢縣）城外妓舟中。薦紳以下慕其風，無顧忌，之德非之。一日，見其從人，叱之曰：「孰在是？」曰：「道台也。」之德大怒，曰：「道台而來是耶？狗奴故汗若主，且嚇我。」鞭之流血，曰：「即道台來，吾亦鞭之如是矣。」祖齡為越舟逃歸，自是不敢復狎遊。是年畿輔有義和團之亂，而衢屬之江山亦有事，西安將響應。總兵喻俊明老而偷安，文武聞警皆周章。獨之德堅約來，為守備。會與知西安縣事吳德瀟有齟齬，誣德瀟於民曰：「知縣康有為黨也。」生員羅楠者，嘗建議於德瀟，德瀟面擲其草，漫罵之，楠亦共短德瀟。一日，德瀟會薦紳於城隍廟，之德、楠突率民、兵數百人往劫德瀟，德瀟求解於祖齡，祖齡不能救，乃奔外國教堂中避之，眾毀教堂，縛德瀟手足，以木貫而扛之，楠率眾刃其體，無完膚，刺其心而死，並傷教士。事平，外國使臣頗要挾，之德遂抵罪。方之德聽讞來杭州，余及見之。迨余至西安，聞西安人云：「之德置法之日，西安人往杭州觀者咸泣下不平，今猶呼周爺爺也。」是役也，光緒二十三年浙江鄉試第一名舉人（俗呼解元）余友鄭渭川先生永禧亦被牽於獄，幸而獲釋，先生少輯《爛柯山志》，晚年撰《衢州府志》而失明，未知其殺青否也。

七十三、童瘋子

經杭州下板兒巷，問童瘋子，故老猶能指其所居，而瘋子死久矣。瘋子，崇明人，其名晏，字曰叔平。書畫得南田老人法，畫菊尤善。瘋子平時，善談論，踔厲慷慨，人多親之。惟有鄉試之年，則大發瘋：服道人服，巾道人巾，持鐵如意，緩步通衢，有呼為瘋子者，則擊之以如意，官吏轎馬過者，亦擊之，歸則以如意擊其妻。瘋子居室極精雅，善書，名畫古金石羅列，輒引如意壞之，或執途人而入，按之坐，途人惴然，瘋子徐與古器，揖讓而去。一日，瘋子置大桌衢中，敷座，坐於上，下積紙元寶焚之，火及衣矣，妻號泣跪請其下，勿顧也，會火微得不死，瘋子恨之。余父善書，與瘋子交，謂言者妄也。一日與吳子紱丈飲其家，瘋子忽入，挾其妻以出，令與吳丈交拜曰：「汝當為之妻。」余父愕然趨歸，曰：「叔平真瘋子耶？」余少時一見瘋子於姻戚家，貌偉，體高，美髯，與人言，娓娓有雅致，不知其為瘋子也。或謂：「其父為吏，理獄有冤，故瘋子得鬼譴。」或曰：「是有所托也。」今科舉廢，惜瘋子早死，不能見其瘋與不瘋矣。瘋子死，葬南屏山下，妻吳廬於其墓側。瘋子有弟大年亦善繪事，且精刻石，所謂童心安者也。吳丈名恩綬，善畫，畫宗新羅，得其生動之致，然未嘗鬻畫以為生，晚年就浙江勸業道署為科員，辛亥後不通聞問，當已物故。

七十四、李鍾岳

李鍾岳字崧生，山東安丘縣人，清光緒廿四年進士，浙江即用知縣，署衢州府江山縣知縣，補紹興府山陰縣知縣。崧生性溫厚，其蒞江山也，前官龔廷玉者，善媚外國傳教士，既代去，謂崧生曰：「此間民尚好，教士橫肆，不可縱民也。」崧生以為舊尹之善言，甫治事，即為教民訟平民，教士為之要說，崧生不聽，竟笞教民而直平民，於是教士教民謂錯出不意，稍稍斂跡矣。余初不識崧生，光緒三十二年，江山人毛雲鵬延余教授江山縣中學堂，江山地故為浙閩要衝，自海道通，始廢為僻壤，士寡學而民健訟，號稱難治。崧生務與民清寧，廢涵養書院，以其址立江山中學堂。然崧生起科第，不諳近世更新學校事，乃悉以籌畫之任付雲鵬。雲鵬為畫計，以書院膏火資充經費，不足，則微加契稅，而自請出家資營其始。崧生以為加契稅格於例，然非是則事不舉，乃慨然曰：

「吾忝官於此，事有益於民者，吾當任其責，雖干禁且為之。」卒從其計而捐銀五百兩為之倡，即以雲鵬監督其事。縣有仇其奪書院膏火資者，以雲鵬嘗購得清帝及慈禧后照相，取《西廂記》「我見了也銷魂」一句題於慈禧像側，遂紿得而以大逆告雲鵬於官。崧生謀兩解，訟者以為官且畏事，志必致雲鵬於死而破其家。時衢州府知事為滿洲人，訟者因揚言，縣官不為理，且首於府道。使其黨乘夜至府，將以要挾崧生。雲鵬父〔老〕年老畏長禍，潛賂訟者，訟者益居奇，索賄巨萬。雲鵬所遣往府刺事者余紹宋（時亦為江山縣中學堂教員），急書言訟者結薦紳之憾雲鵬者共白知府，將羅織興大獄（實為訟者之計而未見於行），於是雲鵬父母遽趨雲鵬至上海避之。

時余在雲鵬家見其一燈黯然，倉皇行色，乃詣崧生，謂之曰：「比人人言知府有意於毛君，果獄興，亦非君利也。」崧生曰：「知府為人，吾亦習之，若札來（清末上官下所屬文書稱札子），吾據理申報，不使毛君被誣也。」余曰：「君固長者，奈何小人媒糵其間，君且得咎。」崧生乃私於余曰：「吾即當詣府為道台壽（時分巡金衢嚴兵備道駐衢州府城）。道台吾鄉人，吾又善其公子，必為毛君援，願先生語毛君暫避之耳。」異日，崧生來報余，謂余曰：「近日，官率喜以革命誣人，致戮無辜，今者康有為、梁啟超皆遠竄，安有所謂革命者耶？」以是知崧生為長者。既而雲鵬家果重賄以息事，而余亦辭歸。翌歲，崧生調補山陰，而余至廣州。安徽候補道徐錫麟者，山陰人，以其戚屬故山西巡撫俞廉三之介，為巡撫恩銘所信，而錫麟藉所辦巡警學堂開學行禮時，微刺恩銘，死之。紹興府知事貴福者，恩銘姻婭也，欲為雪其恨，繫錫麟家人而治之。錫麟故為光復會領袖，其會員秋瑾，女子也，亦急於紹興謀起事，遂為貴福所捕獲，例由縣先鞫治，崧生憫之，多所寬假。一日，貴福與會稽縣知事及崧生共案是獄，崧生逆知貴福意，將多所繫連，愀然不樂，無所鞫訊。貴福詰之，則托言頭風不任，貴福曰：「若本不辦此，須吾自審耳。」崧生即去不復與。貴福以其不能嚴鉤距，白巡撫罷其官。繼崧生者希巨功，濫刑及無辜，崧生憤懣不平，對人輒欷噓泣下，遂自經死。

七十五、宋恕

宋先生恕，浙江平陽人。其母將免身，夢見一怪物來，群燕逐其後，寤而生，遂以兆字之曰燕生。先生家故富，而先生少讀書山中，日以一撮鹽配脫粟飯，家遣傭至，先生特為設蔬，費錢數十文，而自食如故。先生雖籍平陽，而家居瑞安，瑞安自宋以來為人文淵藪，故太僕孫衣言與其弟故侍郎鏘唱歸田後，又以永嘉之學為後進倡，太僕子貽讓又以經術為大師，孫氏瑞安之冠冕也。侍郎有愛女欲以妻先生，閒與先德語，先生從屏後聞之，揚言曰：「齊大，非吾偶也。」侍郎益大奇之，即以女歸先生，先生既師事太僕昆弟，又受業德清俞先生樾之門。俞先生學為海內所宗仰，著弟子籍者，遠及日本，所謂曲園先生者也。先生學亦無所不通，二十餘歲，著書曰《六齋卑議》六齋者，先生自署其課讀之室也。俞先生讀《卑議》稱之曰：「燕生所為《卑議》實《潛夫》、《昌言》之流亞也。」人以為不阿好其弟子。壯遊南北，偏交共賢士大夫，謁歸翁之門人直隸總督李鴻章，並《卑議》，鴻章曰：「燕生以為《卑議》，吾以為陳議過高矣。」先生與鴻章語，鴻章輒曰：「願燕生卑之。」又嘗稱於人曰：「宋燕生奇才也。」然先生卒不以學阿時，以諸生主講南北學校，時藉故書以興起學者平等自由之思想，又誘之讀課籍，故生徒多趨向革命。

故參謀本部局長吏久光，辛亥時實首謀以江寧反正，至今稱道先生不衰，故北平大學女子文理學院院長許壽裳亦受先生教最深者也。清末，開經濟特科，禮部侍郎朱祖謀（即詞學太斗號上彊村者也）以先生薦，不赴。其友合肥張品珩總辦山東學務，聘先生往，先生至濟南而呂珩奉調上海。楊士驤巡撫山東，留為學務顧問，稱先生未嘗敢字之。士驤遷督直隸，再聘先生往，不應。繼士驤者為袁樹勛，下車，即試學務官屬，決去取。先生生平不立崖岸，亦與其試，文辭樸雅，似東漢人所為，又多四字句，竟得注考曰：「文理不通。」報罷，人謂先生以是求罷也，遂歸。卒於家，年才五十。先生晚年更名衡，字平子，或謂其慕張平子之為人，則不然。先生遊歷半國中，又嘗至日本，所至自達官貴人，下至隸圉，咸與之習，問中失疾苦，確然知天下事之壞，由於不平，故宗其旨於名字。章太炎曰：「燕生學行於古可方宋輕。」梁任公贈先生詩曰：「梨洲以後一天民。」皆知先生者也。先生善為詩，一時推巨擘。其詩時時以新名詞入焉，晚年為文，益求明達，幾如白話體矣。

七十六、與許緘夫談梁山舟逸事

許緘夫來，談及其族伯祖周生宗彥（鑒止水齋主人，其宅在杭州馬市街，今為余表姊夫高魚占所得，建築精雅。北室外有梧桐二，高十餘丈，大可成抱，南室外有雙藟，皆舊物也。鑒止水齋舊額則為瑞安林同莊得之於舊貨鋪，舍於花市路之溫州會館矣。此吾杭掌故也），娶於梁，吾杭梁山舟先生之從女也。先生嘗助許氏之喪，贈賻之謝帖皆其手書也。先生嘗應巡撫之宴，適雨，著釘鞋撐雨傘以赴之，至巡撫署，乃出岸鞋於袖中而易之，以雨具交巡捕官。及歸，巡撫送紳士，嘗俟其登轎，一揖而退。先生因無轎也，巡撫顧巡捕，呼梁大人轎，先生搖手曰：「沒有，沒有，只有釘鞋雨傘耳。」

余按：先生族子所為《兩般秋雨盦隨筆》謂先生自號青躬道人，人問其義，則曰：「無米無穴，精窮而已。」先生與余外家鄒氏有姻聯，其父兄並官至尚侍，先生亦致身侍從，而及至此，其節操可師也。今乃止以書聞，然先生書實館體之美者，近時沈藼叟比之，家常便飯是也。緘夫又謂先生家杭州眾安橋，其鄰鄙人酗於酒，遇先生，掌先生頰，先生不較也。既而其人流於盜，並抵法。先生聞而喟然，曰：「我害之矣，使其批吾頰也，即鳴諸官，決臀二百耳，不至於此也。」以余所聞，杭州駐防軍屬欺漢人甚，每出嬉婦人，婦人過其地者，雖貴家之室女乘轎而往，亦舉簾弄其足，云「看小腳」。先生一日訪將軍，故僑為婦人足，露鞋尖於轎外，駐防果來嬉，先生乃告將軍，杖之而嚴禁焉。先生家已式微，其墓在西湖之北涯山麓，十餘年前其墓道之地亦易人矣。

七十七、「你也配」

清道、咸間，宗室成親王以書名，士大夫求之，未嘗以尊貴為拒。一日，為名士某作書，都統某羨之，以精紙親奉求其書，未見拒，某以為榮。翌日，即使送還，某益喜，以為若是其速也，蓋得青睞矣。展卷則無所有，卷盡，始見小字如蠅頭者三，為「你也配」，都統索然。因憶某書記梁山舟先生官京師，有筆貼式（書記）滿洲人某求書，先生還其紙，某頗銜之。某後官至山東巡撫，而先生已忘其事。一日，過其境，遇水，不得進。某留居其園中，日款以盛饌，桌上筆墨精絕，架上累累然卷者皆紙也，然無書籍可為遣日者，則以書自解。某始來相話，漸以公事冗，辭不至矣。問水消長，則以未退告。如是匝月，架上紙盡，某始復來晤，拱手曰：「幸水退，可榮行矣。」即呼治酒為餞。旋顧架上卷，逐一展之，隨展隨掩，顧從者作怒容曰：「誰污是！」先生自承曰：「某所書也。」某曰：「此吾收之，將以求某（貴人）書者，乃盡為公污，誤吾事矣。」先生嗒然，即日買舟以去。然某則大喜，悉裱而懸之。蓋以水漲紿先生，賺其書也。

許緘夫知余以鬻書補生計，因謂余曰：「今之書畫家皆增潤筆矣。」因言孫勤儕收入不惡。勤儕為余伯姚之姪，清末官翰林編修，建國後一知諸暨縣事。抗戰時，避地上海，亦以鬻書助生。余曰：「此太史公頭銜之足貴也（清時翰林在上海鬻書，雖極不堪入目者，求之者仍不乏）。余則寧缺無濫，故余之潤筆特高於人數倍，欲迎而反拒然，正不欲使今日高懸以炫人，明日深藏以飽囊。」向見杭州王星記扇莊懸譚組安延楹所書楹帖頗可觀，及組安甫卒而易以勤儕之書矣。組安尚能書，仍未脫館體，勤儕書則十足館體，更合今人脾胃，是何怪其收入之豐矣。余又曰：「今日賣字亦須有術，如書成對聯裝而掛之箋扇店中，使人望而知其姓名，或且自己買歸，以示顧者之不絕。」緘夫曰：「然則你亦可以照辦，我來買可也。」余曰：「你倒肯買，我倒不肯將去掛，只是夠難的。」相與一笑。因又談及書畫家品格，緘夫渭：「吳倉碩以知縣候補江西，布政使某慕其畫，特宴之官邸，材官以紙筆進，缶老（老缶倉碩別號也）無可辭，即席繪成，然稱謂如平昔交遊也。」余因舉陳止庵太世丈師書畫皆有聲，為湖北知縣，總督張之洞囑畫，師畫以進，但署名而已，濤丈盛裝而懸之，終以無上款為憾，然不敢請也。余見吳絅齋杭州宅中廳事懸六尺大屏，上稱絅齋大人，下書屬吏某，蓋絅齋督學江西時所得也，此於古殆鮮聞。余長浙江民政廳，有余父時成衣人石某以其子習速成法政求使，因命為警佐，乃以富世英所刻折扇為贈。世英以罪入獄，於獄中習此藝，識者許之，然余不受，以嫌疑之際也。其後袁巽初之弟求書，亦以此為貽，則不能辭，然余不用，此扇刻以廳長稱余也。彼時余正居官，且古人亦多以職名相呼，實無所嫌，然余未久其職，而民主政制，去官即仍是民也。故始終閟置焉。

七十八、王湘綺不知書法

王湘綺闓運論近代名人書法，謂「吾涉世乃覯三君，陳子鶴行草絕倫，莫子思篆分入聖，何蝯叟早學錢氏（錢南園灃），晚專漢碑。至其意趣，純乎《黑女》，則亦仍包氏之說，通碑貼之畦町。要其臨池勤力，日課有程，最為用力。其生平自命，方古無慚；然墨跡照曜，上石則減，反不若陳莫小大可鐫，由純用筆鋒，韻趣在墨故也。」又謂：「嘗以為逸少不如北海，子鶴勝於香光。」按：香光書無論正行大小總是裹足鄉下大姐。

余嘗謂自趙松雪始為俗書開山，香光實傳衣缽，後世場屋當行，不足與於書林。其書勝之故不難，然子鶴書猶不能勝王夢樓，安能勝香光乎（子鶴陳孚恩字，清同治初，肅順、端華當政，子鶴亦相附用事）？若謂「逸少不如北海」，可謂妄語之極，以此知其根本不識書法，然此老固自言「不諳運筆」也。北海書從逸少出（唐人書畫盡然），隨在可證。而獷厲之氣充於字裡行間，蓋如近世畫之有海派耳，何詎得比右軍，況謂逸少不如耶？至謂蝯叟書「墨跡照曜，上石則減，由純用筆鋒韻趣在墨故也」，此亦外行之言，蝯叟書雖不能比於龍跳虎臥，然自非流俗之筆可比，刻工不佳，便失其真。余既得筆，作書入石，匠人束手，如許叔璣墓碑，幾乎已不能辨矣。嘗書聚骨扇股，高心爾奏刀亦以為苦，是則何關作者工力？子思書筆墨盡在紙上，故撫刻自易。湘綺一生以抄書為日課，數十年不輟，故其耄年猶能作蠅頭書，然固不知書也。

七十九、高吹萬扶乩

自海格路一七七號寄余一冊子，開視則為《吹萬樓日記節抄》，有吹萬特贈印章。吹萬乃金山高燮自號也，余與吹萬同隸南社籍，亦同以文字發表於《國粹學報》，而未嘗把晤，亦未通箋，此冊不知為吹萬自贈，或他人所貽，無從致答。冊子所記，皆吹萬喪女明芬後，以扶乩與朝芬問答唱和，且有親友中亡人之語。吹萬以此自慰未嘗不可，而冊中竟滿紙鬼語，一若宇宙間自有此物此經志者，以之播之報端，以此遺贈友朋，既揚迷信之談，亦貽不智之譏。余生平不信有鬼神，世界惟有電力作用，即人之心理，亦受其鼓蕩而成。然自應循物理以解釋，不能如世間所說鬼神之幻妄也。觀此冊所記，大部分均可以心理作用解釋之，然心理亦屬物質的作用也。如所舉「劉三降乩」一節，劉三降乩在其夫人與吹萬談後，則劉三之家事隱然在吹萬腦海矣。劉三惜其養子鳳兒，實即吹萬潛識中有不以劉三收養子為然，而又惜其養子幼而孤，異日家庭或有不順，則此子殊可憐也，遂幻為此事。其他皆可以是推之，特潛識之變幻，今之心理學者尚未能究闡其極。而吹萬所記許多似絕無因者，他人不能為吹萬證明其因，而吹萬亦未嘗用心理學自索其因，則若真有此不可思議之事，觀其每記有乩忽停止之時，在吹萬意其女憶去，不知扶乩者之心理中或呈怠狀，乃有此變動耳。余昔嘗用碟乩，竟無一成，說者必謂余之不誠，苟有鬼神，即余不誠，亦當有告，以誠而告，彌徵為心理之反應矣。故信有極幻之事實，乃皆物理的而非玄學的也。

八十、發幣於公卿

《左．隱七年傳》：「初，戎朝於周，發幣於公卿。」杜預注：「朝而發幣於公卿，如今計獻，詣公府卿寺。」孔穎達疏：「晉時，諸州年終，遣會稽之吏，獻物於天子，因令以物詣公府卿寺。」按：漢之上計，乃猶清代之戶部核銷，晉猶因於漢。然彼時上計者，或兼以土物獻納於朝廷耶？故杜言然。惟戎之來實非上計，其發幣於公卿蓋相賂耳。昔段祺瑞執政，余攝教長。後藏班禪喇嘛額爾赫尼來京，猶循藩屬故事，於國務員皆遣其屬致藏宜，如哈達及狐皮、麝香等物，此正發幣於公卿也。

八十一、少年行動

忽於枕上思得一事，為清光緒三十一年秋，浙江高等學堂初立，陸勉齋丈懋勛為監督。開學之日，巡撫聶緝䵶布政使翁曾淮以下皆至，勉丈宿戒教職員皆衣冠（清時禮服），余與湯爾和臨時貰於人，服不稱身，無異戲台上所謂跑龍套者。及時，集禮堂，謁先師孔子，皆三跪九叩首，畢則行官師弟子相見禮，勉丈亦宿約弟子頓首，官師則答以揖。余與爾和及兩三審者，皆不遵約，皆以頓首答之。眾見余輩然，則相而皆然，勉丈及巡撫以下亦不得不然。禮既成，勉丈誠致憤憤。此事無關大體。特余輩少年不愛羈勒，且於大官尤藐視之，具有必折其角之氣概，然爾和竟無以自立，可慨也。

清時用胡俗，相見作奇拜，屈一膝為禮，謂之打跧，僚屬以衙參謁長官，長官受拜不答，若平素則答拜，然僚屬必復拜謝之，其捷必使長官無復答拜之時間，故只見左右膝一時齊屈，而實有先後，一致敬，一致謝也。不相屬者，若鹽務官員在各省者，惟巡撫兼管鹽政及鹽運使為直屬長官，他即非直屬，相見以客禮矣；然卑秩亦往往越禮焉，為異日或轉為直屬長官也。

清時官場以敬茶為送客之表示，此習沿自宋代，蓋僚曰事既畢，慮長官有指示，不敢遽退，而長官無復相語，則舉茶示客可退矣。既舉茶後，侍者即在室外高呼送客，客亦不能不退，此法初蓋為拒絕閒談妨事之法。

八十二、習跪

帝制時君臣間猶如主奴，然宋前以《周禮》「坐而論道」之訓，宰執猶得與皇帝坐論朝政。至宋太祖以王質柴氏舊臣，欲抑之，陰令寺人撤其席，遂以為故事，雖宰臣亦不得坐矣。文彥博年逾八十猶侍立，轉為人稱，可謂甘居下流者也。清制：大臣面對，皆跪，非叫起不敢起。吾鄉王文韶已大拜且年逾七十矣，每日猶習跪於家，其法束厚綿於膝，使能忍久耳。

八十三、胡林翼　左宗棠

胡林翼巡撫湖北，時值太平天國軍興，林翼居上遊扼之，急思得才以自助。其馭人頗有術，幕府客某，林翼之左右手也，一日，謁假欲歸，林翼不許，某泣然，遂白：「實由母病，故必歸侍。」林翼遽呼侍者傳語，為某師爺備船，且囑司計致厚贐。時風甚緊，顧某曰：「正是順風，莫停留吧。」以此得士。左宗棠居林翼幕，司章奏，徑自發驛，不復咨啟。一日，林翼聞炮聲，顧左右曰：「何事？」左右曰：「左師爺拜奏耳。」宗棠以舉人起家，其出，曾國藩實扶翼之。然不附國藩，遂致隙末。其陟位中樞時，相傳有一故事。清制：召見，免冠叩首，面畢，乃復叩首，冠而起。宗棠自起幕府至入閣，故未修覲，不習故事，其被諭退，輒效劇中稱「領旨」，叩首而起，竟忘冠其冠，此實失儀也。是時宗棠功高，隨命太監持與之，宗棠正惶窘，得之乃安，太監亦不敢有所索，蓋非宗棠必出巨賂矣。宗棠晚年病目，見僚屬恒閉目而語。總督陝甘時，一知縣者淮人，謁時，宗棠聆其語，遽問某是若何人？知縣者對是叔父，宗棠忽張其目曰：「好官呀！」知縣者大驚，歸而病數月。

八十四、紅學

杭州學官巷有巨室，是為吳氏，清初治小學兼明唯識之西林先生穎芳實是族也。雍、乾間則有以駢體文名之谷人先生錫祺，道、咸間則有以詩名之□□先生振棫。錫祺官至於監祭酒，振棫則至四川總督，姻丈子修先生慶坻，及其子士鑒又皆翰林，絅齋（鑒字）且以榜眼及第。父皆放試差（主考，提督學政），故吳氏為杭之望族。故事，一甲即授職編修，翌年差試。絅齋以疾，至光緒十九年始提學江西。絅齋承家學，著書甚多，其《晉史注》，劉翰怡為之刊行，因並署翰怡名耳。陳叔通師丈言：「絅齋為順德李若農侍郎文田得意弟子，其得一甲，實侍郎洩題予之。侍郎精西北地理，絅齋因預為對策得雋。」修丈恂恂君子，博學多聞，雖居薦紳，不與官事。然少耽《紅樓夢》，至廢寢食，登溷猶手之，因患泄精，至骨立。其姑母戒之，始事學。丈於《紅樓夢》不徒舉事若數家珍，且能一字不遺焉，可謂紅學。

八十五、錢塘汪氏《西征隨筆》獨翁

錢塘望族，學官巷吳氏外，當推汪氏焉。余之嫡外祖妣竹斐夫人瑄即出是族。余讀外祖父鄒蓉閣先生《記事詩注》則奕世簪纓，已冠郡望，而姻聯亦多玉堂人物，最可稱者自虛白老人以下姑婦、妯娌、姊妹無非女學士也。竹斐夫人有遺墨，著錄《杭州府志·藝文志》，然余未見全豹，僅讀詩餘一首耳。汪氏後世遽式微，余祖父之金蘭友子綬先生官江西知縣，其子□□丈余及見焉。其女則一為沈藹如姻丈室，一為溧陽狄平子先生室。孫怡廣則以創速記學，與余同教於北京大學。竹斐夫人之先族名憲者，嘗刊《說文解字繫傳》行世，清代《說文》之學極盛，而《繫傳》初刊實始於汪。

又有星堂先生者，嘗從年羹堯至西陲，著有《讀書堂西征隨筆》，羹堯因以致死而先生亦遭辟。《西征隨筆》不完本今在故宮博物院，中有《記紅娘子》者文甚佳。今稱錢塘汪氏者，皆指目振綺堂。往年，余乞伯棠丈大燮題蓉閣先生友聲冊子，棠丈謂與竹斐夫人異族。然振綺堂以進書得稱，小米始傳著述，棠丈乃致位卿貳焉。振綺堂族有子用先生曾唯者，余祖執也，少時曾拜之。清季謀開鐵路，將繞城西以行，須遷墓以為路基。杭人先世率葬於城西南，先生倡議：「有主張是者，必輿櫬致其家。」遂無敢發難，後卒由城東以行。先生有獨性，人號為「汪獨頭」，先生因自號「獨翁」，章太炎嘗稱及焉。

八十六、譚廷獻　戴望　潘鴻

杭州於太平天國軍退後，人文之恢復，實知杭州府潘鳳洲先生鴻辭慰農時雨之功。一時名士如譚復堂太世丈廷獻，陳蘭洲太世丈師豪，皆其門下生也。二丈與德清戴望陽湖莊棫友善，皆喜今文家言。望字子高，著書滿家，而《管子注》尤在人口。曾國藩總督兩江，致之書局，國藩內召，飲僚左問：「諸君有以贈吾行乎？」眾未有言，子高年最少，對曰：「公功成名就，『急流勇退』，是其時矣。」眾為愕然，國藩善之。子高少孤而體弱，早卒。復丈以揀選知縣（舉人例可得知縣，故得署銜曰「揀選知縣」）發安徽，任□□縣，老而告歸。余以通家後生禮一謁之，時丈寓興忠巷黃氏故廈（黃□□先生琳，官翰林，早卒；余母之義父也。汪獨翁亦嘗賃此以居）。其子子劉則曾於北京見之，復丈有《春秋繁露》纂訂本，余始得蘭丈師所錄副，凡十六篇，乃語子劉宜謀刊行。子劉遽出復丈門下生胡某刊本相貽，則與蘭丈錄副不同，蓋定本。今此書不多見，而余藏已讓於北平輔仁大學，當尚存也。

復丈精詩餘，經史之業亦專焉，尤喜《史通》及《文史通義》。教子弟學者，率先以此為入門之徑，然諸子不能繼也。子劉幼時甚頑劣，復丈嘗寓西湖（杭州）之濱，以其不率教，竟持之植於水。鳳洲先生亦友子高，擅為詞，以舉人起家，官內閣侍讀。光緒末，出為日本留學生監督，解任歸，為杭州府中學堂監督。先生瞽一目，以假眼飾之。杭州先輩衣皆博襟大袖，先生始窄襟袖，事少年裝束。與許抑齋增善，共嗜賭，因損士譽焉。

八十七、幸草道人

幸草道人，余師楊雪漁太世丈文瑩自號也。師錢塘人，以翰林出為貴州學政，秩滿，遂請告，竟不復出。清制：學政為「欽差」，一任三年，所至有供役，不親民事，而有「陋規」可受；故雖不通賄賂，亦足衣食終身矣。貴州故瘠地，地多植罌粟，師請禁植，而並革若干陋規。然師竟染嗜罌粟膏之習，終身不能去，人謂師春秋鼎盛而遽請告，即以是故。其總理杭州養正書塾時，謂余輩曰：「余官至侍從，又積銀二萬元，有妾二，我知足矣。」然則其任學政所得亦蓋不菲，以為基金，遂得資生無慮。某年，余自廣州歸，因師有地在余下羊市街舊宅之左，人有欲侵之者，因修起居而並陳其事。師因謂余曰：「余已不審有是地矣，然余猶憶洪楊時（太平天國），兵至，余匿入君家之後屋，屋多陳屍，皆自盡者，余臥於其間，偽為死人。俄而兵去，有婦人者呼余起，令速去，余略識其面目，猶不敢遽起，及起而四顧，無婦人也。陳余側者一婦人屍，似所見，駭而逃，遂得免焉。」因指神龕曰：「此中所祀，即其人也。余感之，故祀之。」按：師自無謬言。顧余以為婦人必自盡而未殊者，師是時「大恐漫漫」不能辨耳，婦人或即死，或未死而恐兵之復至不敢遽逃，遂復臥如陳屍，固無鬼也。

八十八、徐鴻寶說

徐森玉鴻寶，吾浙吳興人，博覽多識，尤擅目錄版本之學，殆為國中魁碩。走國中，所不至者鮮矣。嘗遊貴州，訪紅崖石刻。往年告余，以世傳石刻拓本皆非真跡，蓋石刻高山，非攀援而登不可讀。拓亦不易，必施架閣，才可氈墨；往者顯貴購求，有司乃以石灰堆積於所刻上布紙打之，復刻於版，故今傳本皆異。余按：昔鄒叔績始為是刻釋解，乃附會為殷伐鬼方之詞，近有許石楠尤戮力於此，嘗為余譯其詞意，然余反覆研繹，竟不易知。如屬殷伐鬼方之刻，不應與卜辭文字異形，此可斷其非中土文字矣。蓋如確是石刻，則為苗文，然苗族文字，今亦可考，惜余未嘗從事耳。森玉又謂：「數觀苗人祭祖，禮極隆重莊嚴，惟終不得其先世由來，苗人多秘不使外人知也。苗服皆上衣下裳，裳之中間施黻，與吾古制同。」余疑苗族之圖騰蓋貓也，惜不得其證。卜辭有一字，頗似貓蹲伏而從對面正視之形，顧亦未易定也。

八十九、《落花春雨巢日記》

陽湖趙惠甫先生烈文，余外祖鄒蓉閣先生之友也。其《春雨巢日記》，蔚為大觀，惜不得盡讀，徐益藩摘錄一卷，宓逸群以示余。其記曾國藩言：「郭芸仙自負不凡，奏摺無有清晰得要者。」余按：督撫章奏，多出幕府之手，固不能即以為郭筆本然。然芸仙有文名，即出幕府，豈不過目？李　客《越縵堂日記》中亦譏芸仙「事理不清」，乃至謂湘人率然，則未免以一概萬，近於誣矣。然以余驗之，如易寅村亦芸仙之倫，則越縵故自有據而云，第偏率耳。《日記》又記滌生言：「芸仙在粵，聲名之劣，羅椒孫至與駱籲門書云：故鄉大吏皆如虎豹，民間有『人肉吃完，惟有虎豹犬羊之鞟；地皮括盡，但於澗溪沼沚之毛。』」按：此與《春冰室野乘》記「烏達峰尚書與惲次遠學士同典浙試，烏文字疏淺，而學士有煙癖，或以二人姓為聯詞，曰：『烏不如人，胸中只少半點墨；軍無鬥志，身邊常倚一條槍。』」皆善謔而虐者也。然後聯「常」字似宜易以「空」字，更穩切。

九十、吳待秋畫

舊書畫家每欺常人不識，便率爾與之，此惡習也。此習於以鬻書畫為業者更甚，上海之以鬻書畫為業者尤甚，然則實自承其弊耳。蓋欺人率爾，久之即己之技能不復得進矣。余父執吳伯滔先生擅繪事，頃從徐益藩見其於聚首扇上所繪，似任伯年、胡公壽而較雅。其子待秋澄鬻畫上海，三十年致巨富。蓋小康之家以上，壁無待秋畫若有不足者。故待秋蜷居一室，妻孥滿前，寢食於是而揮筆不輟，幾於廢交遊矣。然其畫日劣。余六十初度，姑之孫唐萊安慶安兄弟以二萬元求待秋寫《石屋圖》為壽（三十三年），待秋故知余，自不致故為草率，然此幅上下有些些雲水，余悉為山木填塞矣，皴法亦無可取。蓋由滬地商賈實不知畫，以滿幅皆筆墨痕為貴，習久遂不能自改。然余曾於西藏路聯華銀行見待秋所繪梅花及蟬柳兩幅，殊有父風，是非無本領也，習蔽之耳。

九十一、畫可復定乎

吳湖帆之弟子各展其所畫以飽人目，余亦往觀焉，極佳者寥寥，而出售者已多。詳察之，蓋所謂捧場者也。最奇者有數幅黏小紙，書「某某先生復定」。並有黏上兩紙者，此示有好者須「依樣畫葫蘆」也。余謂言藝術無論作者手段如何高妙，決不能二三紙如出一轍，否則必影寫耳。若賞者求複寫，其非賞鑒者可知。昔之畫影堂者，自面以外皆影寫也，此可與論藝術耶？昔金拱北負畫名，尤擅摹臨，然其摹臨也，乃製一桌，以兩層玻璃為面，而夾古畫於其中，玻璃面下安電燈焉，以此毫釐畢肖，而拱北於五色又求精選，故見者以為真。然拱北自出手者遂無一可觀，蓋皆影堂之類也。

九十二、為政當從根本上辦

《落花春雨巢日記》云：「周縵雲來候，並謁相國，滌師與久談，因蔣益澧被劾有交吳棠查辦之說，遂及吏治。言：『蔣做官，做一衙門，將一衙門經費裁盡。到粵撫任，裁去韶關陋規，形諸奏牘，而別提藩庫每月千五百金、運庫每月千金，作撫署辦公用，反較所裁之費為增。其各屬出息，亦一並嚴禁斷絕，不准收受。在浙，民間虛聲頗好，然其人太不正當。』周問：『丁日昌聞亦精勵為治。』師答曰：『微有其風，而視蔣則中庸多矣，伊如要去盡屬吏飯碗，我亦不依。須知天下人飯碗萬不能無，汝去他一飯碗，他別尋一飯碗，於公事無益，不過百姓吃虧而已。』」

余按：國藩言固未嘗盡非，然蔣益澧裁陋規而辦公費支用庫帑，不可謂非正當辦法。清代行政經費本無詳細規定，而下級官者縻於承應上級官署之供給者，多不能正式報銷，即正當之辦公經費，亦有不能盡邀核銷者，故多恃陋規為挹注，而官因得以自肥。自此名一立，貪婪之程，無所不至，直可括盡地皮。且官以之括於吏（吏謂當時衙役，官之爪牙），吏以之括於民，層層剝削，其弊甚大。然不從制度上根本解決，而徒言撤陋規，則甲方裁而乙又興矣。若謂因「人萬不能無飯碗，去他一飯碗，他別尋一飯碗」，遂置而不問，則豈為治之道哉？大氐彼時官俸過薄，行政經費無適當之規定，不從根本上改革，而枝節從事裁禁，則所謂「於公事無益，不過百姓吃虧」者確為至論。然言治真難，余備員浙省民政廳長時，主增縣長、警長及其僚屬之俸，並增其行政經費，然實於公反損而無益，於民仍未能輕其負擔也。蓋文官制度不立而惡習已成，視做官乃其解決生活之無上法門，故雖增俸增費，仍不能滿其欲壑，而所增者彼既視為不足輕重，徒增其合法之收入，是真所謂不過百姓吃虧而已。如各縣警察所長一等之俸，不過百餘元，而其陋規收入可得數倍，自何貪於區區哉？故欲去弊，必究其弊之由來。而良法之行，尚有藉於教化之行，法令之嚴，長官之能以身作則，不然，屬吏陽奉而陰違，既為所蔽，其弊益甚。然即長官以身作則矣，而無明察之才，公平之度，懇摯之情，嚴峻之刑，不制之權，皆不足以矯枉而反正。且如堂高廉遠，不與百姓相接觸則亦不能濟也。

九十三、罵人為畜生

《太平御覽》四百六十六引《東觀漢記》：「劉寬當坐客遣蒼頭市酒，迂久，大醉而還，詈曰：『畜生！』，寬遣人視奴，疑必自殺。」按：今紹興杭縣罵人亦然，蘇州、上海則曰「眾生」，皆最辱之詞。故寬疑奴必自殺，蓋雖奴猶不能受也。然今日相詈者，不以為至辱矣。

九十四、日本之畸人

夏丏尊家壁上懸有日本人天香者所畫一，而題東坡「無一物中無盡藏，有花有月有樓台」兩句。丏尊為述此人今已七十餘，其生當在其國明治之初，未嘗卒業中學。時有大賈共向北海道為實業之創舉，召人往襄其事，此人即應募而往，為廠中司事，頗能周旋勞資之間。府知事某獎其為人，書以勉之，並贈以前輩所著，中有述及處世宜以謙讓為本務者，讀而深思，若有所得。及循資晉位，竟任經理。然此人煩惱頓熾，以資方志在多財，勞方旨在分利，其志不欲助資而抑勞，而其境須撫資而黻勞，於是無以兩全，憂心忡忡。適其家中落，日本舊制，宗子掌其財產權，庶子不得而與。乃其家宗子不謹，將敗其產。庶子乃集而議維護之方，此人但曰：「我欠人者還人，人欠我者討而還之，不得亦無法也。」庶子共嗤詬之。此人拂袖而退，歇於街亭，暮夜不歸，無所得食。翌晨聞兒啼甚亟，而有一婦自工廠擁其雙峰疾趨而入兒啼之舍，兒聲頓絕。私意來者定是兒母，兒已得乳，故不復啼。遂躡跡而往，作窺牆之舉，乃果如所意，因大感動，以為此是人生真理，兒飢則需婦乳，婦乳不泄，亦行苦痛，兩相需求，各得安全。於是立志取人之所棄，不分人之利以自私。然餓愈二六之時，腹作轆轆鳴矣，亦不求食，忽見有載米而過者，器壞，米零落於道中，車人亦不顧也，乃出佩巾就地拾而納之。行數十步，適一藥肆，主婦方啟門而出，此人固譽馳於鄉里，人盡識之者也，乃詢何故晨行，並邀之食，此人告以故而辭食，婦苦致之，則曰：「諾，但願以吾巾米借一炊耳。」婦亦曰：「諾。」顧將地所得，才足一餐，及食既畢，仍還亭次，思之再三，亦無善計，而日又西馳，肆婦復來邀食，辭復毆甍，婦亦輸誠不已。此人乃曰：「諾。但須我省可食者而食，不以強我也。」遂往周其庖廚，簹敦所餘，不置一顧，及見釜中有滌釜沉澱之餘食，乃乞曰：「此若所棄，我食之可也。」婦亦無如之何。留之宿，亦辭；留之堅，則曰：「容我省可居者而居。」又擇其陋且棄者而寢其中。明日則起而代其家摻彗帗潔庭除，將以償其宿食之惠也。時肆婦新寡，肆友欺之，藥材狼藉，損益不入其心。此人既為收拾，友亦不敢復慢。無何，婦治蔬設屋，必欲此人遷宿而致膳，其詞曰：「自先生寓我家，我家業得不墮也，敢不報先生耶？」此人復謙讓焉。既而自謂得術矣，初則清各家門外之垢，人以此皆招而食之。既而凡人須其助者，雖穢而勞皆不辭，於是食宿皆得給而從之者眾矣。此人乃條理其所思，為詞以曉其從者，浸立教條以相守，而從之者益眾矣。乃有所謂一燈園之組織，漸成宗教性之團體。各方施與，則立簿籍，謹出納，不以為園產，而別置所司，曰：「此代為管理而已。」其行實兼佛老耶穌而一之，自言則曰：「吾得益於老聃也。」往年來上海，丏尊猶遇之，謂之曰：「聞君頗為資本家所重，往往藉君一言以解紛，將毋使人疑為利用耶？」此人曰：「然。吾止知為人當如是而已，果利用我耶？謂我被人利用耶？我不以為介介也。」余謂此人殆諸夏宋鈃之流也與，其不滿於其國現代之社會，而其術卑卑，蓋未聞大道；使早得馬克斯之說而讀之，必將有以自處而處世矣。

血歷史197　PC1004

新銳文創
INDEPENDENT & UNIQUE

馬敘倫說掌故：

《石屋餘瀋》、《石屋續瀋》

原　　著　馬敘倫
主　　編　蔡登山
責任編輯　楊岱晴
圖文排版　蔡忠翰
封面設計　劉肇昇

出版策劃　新銳文創
發 行 人　宋政坤
法律顧問　毛國樑　律師
製作發行　秀威資訊科技股份有限公司
114 台北市內湖區瑞光路76巷65號1樓
電話：+886-2-2796-3638　傳真：+886-2-2796-1377
服務信箱：service@showwe.com.tw
http://www.showwe.com.tw
郵政劃撥　19563868　戶名：秀威資訊科技股份有限公司
展售門市　國家書店【松江門市】
104 台北市中山區松江路209號1樓
電話：+886-2-2518-0207　傳真：+886-2-2518-0778
網路訂購　秀威網路書店：https://store.showwe.tw
國家網路書店：https://www.govbooks.com.tw

出版日期　2021年6月　BOD一版
定　　價　320元

Printed in Taiwan

國家圖書館出版品預行編目

馬敘倫説掌故 : <<石屋餘瀋>>、<<石屋續瀋>>/馬敘倫原著 ; 蔡登山主編. -- 一版. -- 臺北市 : 新鋭文創, 2021.06

面 ; 公分. -- (血歷史 ; 197)

BOD版

ISBN 978-986-5540-44-9(平裝)

857.1 110006664

讀者回函卡

感謝您購買本書，為提升服務品質，請填妥以下資料，將讀者回函卡直接寄回或傳真本公司，收到您的寶貴意見後，我們會收藏記錄及檢討，謝謝！如您需要了解本公司最新出版書目、購書優惠或企劃活動，歡迎您上網查詢或下載相關資料：http:// www.showwe.com.tw

您購買的書名：＿＿＿＿＿＿＿＿＿＿＿＿＿＿＿＿＿＿＿＿

出生日期：＿＿＿＿年＿＿＿＿月＿＿＿＿日

學歷：□高中 (含) 以下　□大專　□研究所 (含) 以上

職業：□製造業　□金融業　□資訊業　□軍警　□傳播業　□自由業

　　　□服務業　□公務員　□教職　□學生　□家管　□其它＿＿

購書地點：□網路書店　□實體書店　□書展　□郵購　□贈閱　□其他

您從何得知本書的消息？

□網路書店　□實體書店　□網路搜尋　□電子報　□書訊　□雜誌

□傳播媒體　□親友推薦　□網站推薦　□部落格　□其他＿＿＿＿

您對本書的評價：(請填代號　1.非常滿意　2.滿意　3.尚可　4.再改進)

封面設計＿＿　版面編排＿＿　內容＿＿　文／譯筆＿＿　價格＿＿

讀完書後您覺得：

□很有收穫　□有收穫　□收穫不多　□沒收穫

對我們的建議：＿＿＿＿＿＿＿＿＿＿＿＿＿＿＿＿＿＿＿＿

＿＿＿＿＿＿＿＿＿＿＿＿＿＿＿＿＿＿＿＿＿＿＿＿＿＿

＿＿＿＿＿＿＿＿＿＿＿＿＿＿＿＿＿＿＿＿＿＿＿＿＿＿

＿＿＿＿＿＿＿＿＿＿＿＿＿＿＿＿＿＿＿＿＿＿＿＿＿＿

請貼
郵票

11466
台北市內湖區瑞光路 76 巷 65 號 1 樓
秀威資訊科技股份有限公司 收
BOD 數位出版事業部

（請沿線對折寄回，謝謝！）

姓　　名：＿＿＿＿＿＿＿＿　年齡：＿＿＿＿　性別：□女　□男

郵遞區號：□□□□□

地　　址：＿＿＿＿＿＿＿＿＿＿＿＿＿＿＿＿

聯絡電話：(日)＿＿＿＿＿＿＿＿＿＿ (夜)＿＿＿＿＿＿＿＿＿＿

E-mail：＿＿＿＿＿＿＿＿＿＿＿＿＿＿＿＿